Diese Persönliche Chronik ist für:

Das Buch vom

18.

Januar

Ein ganz besonderer Tag

... ein ganz besonderer Tag

Im Alten Rom war der Januar der elfte Monat. Erst seit der Kalenderreform von Julius Cäsar 46 v. Chr. leitet er das neue Jahr ein.
Der 18. Januar ist reich an Namenspatronen. Unter ihnen ist die Heilige Faustina, eine Klostergründerin aus dem 6. Jahrhundert. Auch Herzog Odilio von Bayern, ein Fürst des 8. Jahrhunderts, gehört zu ihnen und die heilige Königstochter Margareta von Ungarn, die im 13. Jahrhundert wirkte.
Der 18. Januar war immer schon ein Tag großer historischer Ereignisse:

1648 besiegte der Engländer Oliver Cromwell entscheidend die Schotten.
1701 begründete Kurfürst Friedrich III. von Brandenburg durch seine Selbstkrönung zum König in Preußen den preußischen Staat.
1871 ließ Otto von Bismarck König Wilhelm von Preußen zum deutschen Kaiser ausrufen. Das Deutsche Kaiserreich trat in die Geschichte ein.
1956 entstand die Nationale Volksarmee der DDR.

Das Licht der Welt erblickte am 18. Januar 1669 der Staatstheoretiker Montesquieu, ein Vordenker der Demokratie. Und 1892 kam Oliver Hardy auf die Welt, der »Dicke« bei »Dick und Doof«.

Im Zeichen des Steinbocks

22. Dezember bis 20. Januar

Das Sternzeichen des Steinbocks zählt zu den Wasserzeichen. »Steinböcken« wird Zuverlässigkeit, Ehrlichkeit und eine gewisse Bodenständigkeit nachgesagt. Sie sind in der Lage, mit großer Zähigkeit auf ein einmal ins Visier genommenes Ziel hinzuarbeiten. Andererseits ist es gerade diese zielstrebige Art, die im Sternzeichen des Steinbocks geborene Menschen von einer schnellen Kontaktaufnahme mit anderen Menschen abhält. Hierfür zeichnet der Planet Saturn verantwortlich, der in der Astrologie für Kontrolle und Disziplin steht.

So finden sich zwangsläufig unter den Steinböcken namhafte Politiker, die durch ihr Standvermögen lange an der Macht waren. Beste Beispiele hierfür sind der deutsche Bundeskanzler Konrad Adenauer und der US-Präsident Richard Nixon. Lang ist auch die Liste berühmter Sportler, die Steinböcke sind, – vor allem aus den Disziplinen, die Ausdauer und Kampfgeist erfordern. Es ist kein Zufall, daß gerade die beiden besten deutschen Boxer, Rocky Graziano und Henry Maske, dazugehören. Sie befinden sich bei George Foreman und Muhammad Ali in bester Gesellschaft. Ein typisches Beispiel für die Zähigkeit von Steinböcken ist Fußballtrainer Udo Lattek, der sich trotz mancher Schicksalsschläge immer wieder den Erfolg erkämpft hat.

1900–1909

Highlights des Jahrzehnts

1900

- Weltausstellung in Paris
- Niederschlagung des Boxeraufstandes in China
- Uraufführung der Oper »Tosca« von Giacomo Puccini in Rom
- Probefahrt des ersten Zeppelins »LZ 1«

1901

- Die britische Königin Victoria stirbt
- Erste Nobelpreise verliehen
- Thomas Mann veröffentlicht die »Buddenbrooks«
- Mordattentat auf US-Präsident McKinley, Theodore Roosevelt wird Nachfolger

1902

- Beendigung des Burenkrieges in Südafrika
- Krönung Eduards VII. zum König von Großbritannien
- Inbetriebnahme der Transsibirischen Eisenbahn
- Kunstströmung »Jugendstil« auf dem Höhepunkt

1903

- Serbischer König Alexander I. ermordet
- Erste Tour de France
- Erster Motorflug der Brüder Wright
- Kampf der Suffragetten um das Frauenwahlrecht
- Margarethe Steiff präsentiert den »Teddy-Bären«

1904

- Hereroaufstand in Deutsch-Südwestafrika
- Beginn des Russisch-Japanischen Krieges
- Arthur Korn gelingt die erste Bildtelegraphie

1905

- Petersburger »Blutsonntag«
- Tangerbesuch Wilhelms II. führt zur Ersten Marokkokrise
- Albert Einstein entwickelt »Spezielle Relativitätstheorie«
- Künstlergemeinschaft »Die Brücke« wird gegründet

1906

- Revolutionäre Unruhen und erstes Parlament in Rußland
- Roald Amundsen duchfährt die Nordwestpassage
- Dreyfus-Affäre beigelegt
- Erdbeben verwüstet San Francisco

1907

- Pablo Picasso malt »Les Demoiselles d'Avignon« und begründet den Kubismus
- Erste Farbfotografien von Louis Jean Lumière

1908

- Ford baut Modell T (»Tin Lizzy«)
- Österreich-Ungarn annektiert Bosnien und Herzegowina
- Durchbruch der olympischen Idee bei Spielen in London
- 30 000 Jahre alte Statuette (Venus von Willendorf) gefunden

1909

- Robert E. Peary erreicht als erster Mensch den Nordpol
- Louis Blériot überfliegt den Ärmelkanal
- Unruhen in Persien: Schah Mohammed Ali dankt ab

◀ **Als »sterbender Schwan« wird Anna Pawlowa weltberühmt (1908)**

Donnerstag 18. Januar

Politik

Um die militärische Sicherheit von Norwegen und Schweden ist König Oskar II. besorgt, der heute in feierlichem Rahmen den schwedischen Reichstag in Stockholm eröffnet. Der König, der Herrscher über beide Länder ist, kündigt an, die Verteidigungsbereitschaft beider Länder sowohl zu Land als auch zu Wasser zu erhöhen. Damit bekräftigt er das Prinzip der bewaffneten Neutralität.

Kultur

Als großer Erfolg wird die Uraufführung der Oper »Kain«, die am Vorabend stattgefunden hat, in den Berliner Tageszeitungen herausgestellt. Komponist Eugen d'Albert hat das biblische Thema prächtig aufbereitet.

»Linie ohne Bauch«: Das Korsett, ein modisches Muß für die elegante Frau

Wetter

Relativ angenehm präsentiert sich der Januar 1900. Die Durchschnittstemperatur von –0,6 °C weicht nur geringfügig vom langjährigen Mittel für den Monat (–0,4 °C) ab. Auch die Niederschläge liegen mit 47,6 mm kaum höher als in den Vorjahren.

Freitag 18. Januar

Politik

Das Königreich Preußen feiert Geburtstag. Vor genau 200 Jahren ist der preußische Staat gegründet worden. Gleichzeitig ist das 1871 proklamierte deutsche Kaiserreich heute 30 Jahre alt.

Gute Figur in Sakkoanzug und Wettermantel: Die Mode für den Herrn

Kultur

Um eine kulturelle Darbietung bereichert wird Berlin. Das erste literarische Kabarett im Deutschen Reich, das »Bunte Theater – Überbrettl«, eröffnet mit einer Mitternachtsvorstellung sein Programm.

Politik

Die Doppelmonarchie Österreich-Ungarn bekommt einen neuen Reichsrat: Heute gehen auch im österreichischen Landesteil die Wahlen zu Ende. Sie offenbaren einen deutlichen Rechtsruck.

Wetter

Auf einen frostigen Durchschnitt von –3,2 °C sinken die Temperaturen im Januar. Es ist damit 1901 wesentlich kälter als gewöhnlich.

Samstag 18. Januar

Gesellschaft

Erst hat er seine Frau verloren und jetzt büßt er auch noch sein Leben ein. Die Rede ist von Landrat Adolf von Bennigsen, dem Sohn des bekannten Parlamentariers Rudolf von Bennigsen. Er stirbt in Springe an den Folgen eines Duells mit dem Domänenpächter Falkenhagen. Wie offiziell bekannt wird, hatte sich Bennigsen zu einem Duell mit Falkenhagen gezwungen gesehen, um »die Ehre seiner Frau wiederherzustellen«. Sie soll ein Verhältnis mit dem Domänenpächter gehabt haben. Gesetzlich sind Duelle zwar verboten, doch der antiquierte Ehrbegriff fordert sie dennoch.

Gesellschaft

Auf eine Jacht möchte Prinz Heinrich von Preußen, der Bruder Wilhelms II., auch bei seinem für Februar geplanten Besuch in den USA nicht verzichten. Daher tritt die kaiserliche Jacht »Hohenzollern« bereits heute die Fahrt von Kiel nach New York an. Prinz Heinrich wird drei Wochen später auf einem Passagierschiff nachreisen.

Wetter

Eisiges Winterwetter eröffnet das neue Jahr. Im Januar 1902 fällt das Quecksilber auf –4,1 °C (langjähriger Mittelwert –0,4 °C).

Sonntag 18. Januar

Politik

Immer weniger Lust zeigen die jungen Männer in Finnland, in der russischen Armee ihren Wehrdienst abzuleisten. Im Jahr 1902 haben bereits 14 798 Wehrdienstpflichtige den Dienst an der Waffe verweigert. Zar Nikolaus II. von Rußland kündigt an, zukünftig mit disziplinarischen Maßnahmen gegen Verweigerer vorzugehen. Finnland gehört seit 1809 zu Rußland und war vormals schwedisch. 1917/18 wird es erstmals unabhängig.

Sport

Nicht gerade frauenfreundlich ist ein Beschluß des Ausschusses der Deutschen Turnerschaft, worin die Beteiligung von Frauen und Mädchen an den Deutschen Turnfesten abgelehnt wird. Eine Teilnahme der weiblichen Jugend, so heißt es in der Stellungnahme verteidigend, entspreche nicht den geltenden gesellschaftlichen Anschauungen.

Preise in den Jahren 1900–1909

1 kg Butter	2,46
1 kg Mehl	0,35
1 kg Fleisch	1,55
1 Ei	1,05
1 l Vollmilch	1,00
10 kg Kartoffeln	0,65

in Mark, Stand 1905

Wetter

Mildere Temperaturen als in den Vorjahren lassen Hoffnung auf ein Ende des Winters aufkommen. Das Thermometer zeigt Werte um 1,1 °C.

Montag 18. Januar

Kultur

Einen schmerzlichen Verlust muß die europäische Kunstszene hinnehmen. In der südenglischen Grafschaft Sussex brennt das mittelalterliche Knepp Castle bis auf die Grundmauern nieder. Die in der Burg untergebrachte Kunstsammlung kann nicht mehr gerettet werden und wird ein Opfer der Flammen. Unter anderen gehen zwei berühmte Gemälde von Hans Holbein dem Jüngeren und Anthonis van Dyck verloren.

Die Zeit des Fahrens ohne amtliches Kennzeichen gehört zumindest in Großbritannien der Vergangenheit an. Am heutigen Tag tritt ein Gesetz über die amtliche Registrierung von Kraftfahrzeugen in Kraft. Der Wagen des berühmten Adligen Lord Russell erhält auf seinen besonderen Wunsch das Kennzeichen A1.

Politik

Der Aufstand des Stammes der Herero in der Kolonie Deutsch-Südwestafrika – dem späteren Namibia – ist Auslöser einer heftigen Debatte zwischen Sozialdemokraten und Regierung im Deutschen Reichstag. Die Sozialdemokraten üben dabei scharfe Kritik an dem brutalen Vorgehen in der Kolonie.

Wetter

Einen Durchschnittsjanuar hat das Jahr 1904: Die Temperaturen liegen um –0,3 °C.

Mittwoch 18. Januar

Gesellschaft

Mit einem Streik drohen 215 000 Bergarbeiter im rheinisch-westfälischen Industrierevier, das sind fast drei Viertel aller Kumpel im Ruhrgebiet. Sie wollen damit gegen geplante Zechenstillegungen und die zu langen Arbeitszeiten unter Tage vorgehen. Der Streik, der am 19. Januar beginnt, zeigt schließlich eine aus Sicht der Bergarbeiter erfreuliche Wirkung. Die Regierung kündigt schon am 20. Januar die Vorlage eines Bergbaugesetzes an, das den Anliegen der Kumpels Rechnung tragen soll.

Politik

Die Auswirkungen des Hottentottenkrieges in der Kolonie Deutsch-Südwestafrika beschäftigen die Briten. Aus London wird bekannt, daß mehrere Hottentottenhäuptlinge und rund 1800 Krieger auf britisches Territorium geflüchtet sind. – Die deutschen Truppen machen nicht nur auf die Krieger Jagd, sondern töten auch Frauen und Kinder.

Wetter

Ohne große Besonderheiten gestaltet sich das Januarwetter 1905. Die Temperatur hält sich knapp unter dem Gefrierpunkt (durchschnittlich –0,5 °C) auf. Es gibt etwas weniger Niederschläge (33,7 mm) als normalerweise (43 mm).

Donnerstag 18. Januar

Politik

Im russischen Petersburg tagt der zweite Parteikongreß der »Kadetten«, wie die Vertreter der Konstitutionellen Demokratischen Partei genannt werden. Rußland hat gerade die Revolution von 1905 hinter sich, die das unterdrückerische Zarenregime mit aller Brutalität niedergeschlagen hat. Aus Sorge vor neuen Zusammenstößen stehen die Kadetten für einen vermittelnden Weg des Wandels. Sie erkennen die Zarenherrschaft an, sprechen sich gegen radikale Methoden wie die Landenteignung aus und verdammen alles Revolutionäre. Kurz: Sie erreichen nichts und fungieren im despotischen Zareneich als Aushängeschild einer Scheindemokratie. Der reformunwillige Zar Nikolaus II. wird erst 1917 durch einen Aufstand entmachtet; dessen Sieger müssen im selben Jahr in der Oktoberrevolution den Bolschewiki weichen.

Rekorde 1900–1909

400 m: Maxey Long (USA) – 47,8 sec (1900)
Weitsprung: Peter O' Connor (IRL) – 7,61 m (1901)
Stabhochsprung: Walter Dray (USA) – 3,90 m (1908)
Kugelstoßen: R. Rose (USA) – 15,56 m (1909)

Wetter

Etwas wärmer und etwas feuchter als der Standardjanuar präsentiert sich der Jahresanfang 1906. Die Durchschnittstemperatur liegt 1,1 Grad über dem langjährigen Mittelwert (–0,4 °C).

Freitag 18. Januar

Gesellschaft

Mit Befremden reagieren konservative deutsche Zeitungen auf die »Zeitschrift für Frauenstimmrecht«, die zu Beginn der Woche erschienen ist. Für die Frauenbewegung in ganz Europa ist 1907 ein besonderes Jahr, ein Jahr des Triumphes . »Schuld« daran sind die Finnen. Dort ist 1906 beschlossen worden, Frauen – erstmals in Europa – auf höchster staatlicher Ebene wählen zu lassen. Im Mai 1907 ist es soweit: Europa sieht nicht nur wählende Frauen, sondern auch weibliche Parlamentarierinnen. In Deutschland müssen sich die Frauen noch bis 1919 gedulden.

Gesellschaft

Große Zustimmung erhält die österreichische Regierung, die am Vortag ein Gesetz gegen den unlauteren Wettbewerb erlassen hat, von den Kommentatoren der Tageszeitungen. Unflätige Bemerkungen über Konkurrenzprodukte in der Werbung sind ab sofort verboten.

Wetter

Milde Temperaturen wechseln im Januar 1907 mit grimmigem Frost. Das Thermometer fällt auf bis zu –20 °C. Der eisige Wind aus Ost und Nordost sorgt für anhaltende Schneefälle.

Samstag 18. Januar

Politik

Polnische Großgrundbesitzer in Ostpreußen müssen sich auf schlechte Zeiten einrichten. Sie können zukünftig rechtmäßig enteignet werden. Dies jedenfalls sieht die sogenannte Polenvorlage vor, die im preußischen Abgeordnetenhaus in Berlin in dritter Lesung mit 198 Stimmen angenommen wird. Immerhin sprechen sich auch 119 Parlamentarier gegen die Verordnung aus. Ziel der Enteignung ist die Neuvergabe von Land an deutsche Bauern zur »Germanisierung des Bodens«.

Stars der Jahre 1900–1909

Isadora Duncan
Tänzerin
Gustav Mahler
Komponist /Dirigent
Anna Pawlowa
Tänzerin
Sarah Bernhardt
Schauspielerin
Orville /Wilbur Wright
Flieger

Sport

Die besten und mutigsten Skiläufer der Schweiz sollen an diesem Wochenende ermittelt werden. Heute beginnen die vierten Meisterschaften im Skirennen in Engelberg, im Kanton Obwalden.

Wetter

Nahe an den Standardwerten liegen die Wetterdaten für den Januar 1908. Die Temperaturen erreichen durchschnittlich –0,1 °C, die Niederschlagsmenge liegt bei 40,3 mm.

Montag 18. Januar

Politik

Keinen Streit mehr soll es zukünftig um das nordafrikanische Land Marokko geben. Das französische Parlament stimmt für eine Aussöhnung mit Deutschland. 1905 ist es wegen kolonialer Streitigkeiten um Marokko fast zum Krieg gekommen. Trotz des Parlamentsbeschlusses kriselt es 1911 erneut: Auch die 2. Marokkokrise geht nur knapp ohne Krieg vorbei.

Gesellschaft

Zu Optimismus geben die jüngsten Zahlen über die Lohnentwicklung im Deutschen Reich Anlaß. Noch 1895 haben zwei Drittel der Bevölkerung über kein steuerpflichtiges Einkommen verfügt. 1907 trifft dies nur noch für die Hälfte der Erwerbstätigen zu. Bereits 34% hatten dagegen im vergangenen Jahr am Monatsende Beträge zwischen 900 und 300 Mark in ihren Lohntüten. 1895 hat der entsprechende Anteil bei nur 27% gelegen. Zum Vergleich: 10 kg Kartoffeln kosten 65 Pfennig.

Wetter

Zunächst relativ mild und niederschlagsarm ist der Januar in diesem Jahr. Mitte des Monats fallen die Temperaturen jedoch auf bis zu –1,5 °C und es gibt reichlich Schnee.

1910–1919

Highlights des Jahrzehnts

1910

- Georg V. wird nach dem Tod Eduards VII. britischer König
- Der Halleysche Komet passiert die Erde
- Bürgerliche Revolution beendet Monarchie in Portugal
- Wassily Kandinsky begründet die abstrakte Malerei
- Sieg des Schwarzen Jack Johnson bei Box-WM

1911

- Bürgerkrieg in Mexiko
- »Panthersprung nach Agadir« löst Zweite Marokkokrise aus
- Militärputsch leitet chinesische Revolution ein
- Roald Amundsen gewinnt den Wettlauf zum Südpol

1912

- Erster Balkankrieg
- Woodrow Wilson wird 28. US-Präsident
- Untergang der »Titanic«
- Büste der ägyptischen Königin Nofretete gefunden

1913

- Zweiter Balkankrieg
- Niels Bohr entwirft neues Atommodell
- Größter Bahnhof der Welt (Grand Central Station) in New York eingeweiht

1914

- Österreichs Thronfolger in Sarajevo ermordet
- Ausbruch des Ersten Weltkrieges
- Eröffnung des Panamakanals

1915

- Stellungskrieg im Westen
- Beginn der Ostoffensive
- Charlie Chaplin wird mit »Der Tramp« Star des US-Kinos
- Versenkung der »Lusitania« durch ein deutsches U-Boot

1916

- Schlacht um Verdun
- Osteraufstand in Irland niedergeschlagen
- Seeschlacht vor dem Skagerrak
- Der österreichische Kaiser Franz Joseph I. stirbt
- Rasputin ermordet

1917

- Beginn des uneingeschränkten U-Boot-Krieges
- Zar Nikolaus II. dankt ab
- Oktoberrevolution in Rußland

1918

- US-Präsident Wilson verkündet 14-Punkte-Programm zur Beendigung des Krieges
- Russische Zarenfamilie ermordet
- Waffenstillstand von Compiègne beendet Ersten Weltkrieg
- Novemberrevolution: Kaiser Wilhelm II. dankt ab, Philipp Scheidemann ruft die deutsche Republik aus

1919

- Spartakusaufstand niedergeschlagen
- Rosa Luxemburg und Karl Liebknecht ermordet
- Friedrich Ebert erster Reichspräsident
- Versailler Vertrag

◀ **Schöne Spionin in deutschem Auftrag: Mata Hari wird 1917 erschossen**

Dienstag 18. Januar

Politik

Nicht zur Ruhe kommen die öffentlichen Diskussionen über den wirtschaftlichen Wert der deutschen Kolonien in Afrika. Schon in der Vorwoche hat ein von der Reichsregierung vorgelegter Bericht über die Entwicklung der afrikanischen »Schutzgebiete« für Wirbel gesorgt. In einer heute veröffentlichten, halboffiziellen Meldung wird die wirtschaftliche Zukunft von Deutsch-Ostafrika und Kamerun pessimistisch bewertet. Diese beiden Kolonien weisen eine negative Handelsbilanz auf. Vor allem Kamerun, das über keine bedeutenden Rohstoffe verfügt, wird als »Klotz am Bein« bewertet. Nur Deutsch-Südwestafrika ist wegen seiner Diamantenvorkommen lohnend.

Gesellschaft

Die Abgeordneten des Osmanischen Rats sind heimatlos: In der Nacht fängt der Parlamentspalast in Konstantinopel Feuer und brennt aus.

Wetter

Die seit Wochen anhaltende milde Witterung beherrscht auch den Januar 1910. Die Durchschnittstemperatur von 2,5 °C liegt weit über dem langjährigen Mittelwert für diesen Monat (–0,4 °C). Die Dauerniederschläge klingen allmählich ab.

Mittwoch 18. Januar

Gesellschaft

In der französischen Champagne beginnen unruhige Zeiten. Die dortigen Winzer zerstören die Weinlager von Champagnerfabriken, die Trauben anderer Anbaugebiete verarbeiten. Die Aufstände konzentrieren sich vor allem auf Épernay, das Zentrum der französischen Champagnerherstellung. »Champagner« soll nur heißen, was in der Champagne angebaut und verarbeitet wird. Die Sorge um den »Champagner« hat auch eine internationale Komponente: Der Name ist nicht geschützt und darf auch von deutschen Schaumweinen geführt werden – jedenfalls bis zum Ende des Ersten Weltkriegs, denn im Friedensvertrag von Versailles wird extra ein Champagner-Paragraph eingebaut.

Technik

Ein besonderes Kunststück bringt der US-Amerikaner Eugene B. Ely fertig. Ihm gelingt es als erstem Piloten mit einem Flugzeug auf dem Deck eines Schiffs zu landen.

Wetter

Nach einem sehr milden Winterbeginn (3,0 °C im Dezember) fallen die Temperaturen im Januar 1911 doch noch auf durchschnittlich 1,0 °C. Für Kinder und Wintersportler Hoffnung auf Schnee und Eis.

Donnerstag 18. Januar

Politik

Als sehr fortschrittlich erweist sich das norwegische Parlament. Es verabschiedet ein Gesetz, das den Frauen gleiche Rechte bei der Erlangung von staatlichen Ämtern zusichert. Dennoch müssen die Frauen gewisse Einschränkungen hinnehmen. Sie dürfen keine Ministerposten, geistliche, diplomatische und militärische Funktionen übernehmen.

Politik

Voll im Gang ist der Kampf um Libyen. Nach heftigen Auseinandersetzungen mit türkischen Truppen besetzen italienische Soldaten die Oase Gargaresch. Noch 1912 gewinnen die Italiener den »Tripoliskrieg«. Sie planen, die Cyrenaika zu einer Agrarkolonie zu entwickeln. Ihr Vorhaben scheitert jedoch vorläufig am Widerstand der einheimischen Senussi.

Die Herrenkleidung wird sportlicher. Dazu gehört der weiche Hut

Wetter

Sturm und Regen bestimmen zunächst den Januar 1912 bei recht milden Temperaturen. In den letzten Tagen des Monats kühlt es jedoch plötzlich ab.

Samstag 18. Januar

Politik

Nach der gestrigen Wahl des Ministerpräsidenten Raymond Poincarés zum französischen Präsidenten tritt sein Kabinett geschlossen zurück. Aristide Briand, der bereits von 1909 bis 1911 Ministerpräsident war, übernimmt die Bildung einer neuen Regierung.

Das praktische Sportkleid für die Jagd und für Bergtouren

Politik

Die bereits seit Monaten schwelenden Meinungsverschiedenheiten zwischen Griechenland und dem Osmanischen Reich um einige Inseln in der Ägäis drohen zu eskalieren. Bei Tenedos liefern sich Flottenverbände beider Nationen ein zweistündiges Seegefecht. Trotz Verlusten kann die osmanische Flotte in die Dardanellen zurückkehren. Der griechisch-türkische Konflikt setzt sich bis in die 1990er Jahre fort.

Wetter

Kalt präsentiert sich der Januar 1913, aber mit 21 mm Niederschlägen auch außergewöhnlich trocken. Der Standardwert für den Monat liegt mit 43 mm mehr als doppelt so hoch.

1914

Sonntag 18. Januar

Politik

Als eine diktatorisch ausgerichtete Organisation erweist sich der neugegründete Preußenbund, der zum ersten Mal in Berlin zusammentritt. Die Vereinigung hat sich zum Ziel gesetzt, den preußischen Einfluß im Deutschen Reich zu stärken. Die Mitglieder sind meist Militärs oder rechtslastige Politiker. Sie verstehen sich als antidemokratische Kampforganisation gegen den »drohenden Parlamentarismus« im Kaiserreich.

Rekorde 1910–1919

Schwimmen: H. Hebner (USA) – 1:20,8 min/100 m Rücken (1912)
100 m: Nina Popowa (RUS) – 13,1 sec (1913)
Hochsprung: C. Larson (USA) – 2,03 m (1917)
Speerwerfen: Jonni Myyrä (FIN) – 66,10 m (1919)

Kultur

Voll besetzt sind die Ränge des Deutschen Kunsttheaters in Berlin. Gerhart Hauptmanns »Bogen des Odysseus« wird uraufgeführt. Hauptmann ist der Hauptvertreter des deutschen Naturalismus. 1912 hat er für sein Werk den Literaturnobelpreis bekommen.

Wetter

Nach Rekordniederschlägen zum Jahreswechsel beruhigt sich die Wetterlage im Januar 1914 allmählich. Allerdings wird es mit durchschnittlich –1,7 °C empfindlich kalt.

Montag 18. Januar

Gesellschaft

Die Auswirkungen des Krieges auf die deutsche Wirtschaft sind nicht mehr zu übersehen. Die Kriegsrohstoffabteilung im Kriegsministerium meldet einen Rückgang von 25% bei der Roheisenerzeugung im Jahr 1914.

Politik

Ihren politischen Druck auf China verstärken die Japaner. Die chinesischen Regierung erhält eine Liste mit »21 Forderungen«. Darin versucht Japan nicht weniger durchzusetzen, als die totale Kontrolle über das Reich der Mitte. Ab 1937 versuchen die Japaner, China militärisch zu erobern.

Gesellschaft

Nicht mehr frieren sollen deutsche Soldaten. In der vom Kriegsausschuß für warme Unterkleidung veranstalteten Reichswollwoche wird Kleidung für sie gesammelt.

Ihren Appetit auf Pralinen müssen die Belgier künftig zügeln. Auf Anordnung der deutschen Besatzer im Ersten Weltkrieg dürfen feine Backwaren nur noch am Mittwoch und Samstag hergestellt werden.

Wetter

Die milde Witterung im Januar 1915 schließt nahtlos an den zu warmen Dezember an.

Dienstag 18. Januar

Politik

Ihre gegenseitige Wertschätzung zelebrieren Kaiser Wilhelm II. und der bulgarische Zar Ferdinand. Bei einem Treffen in der serbischen Stadt Nils verleiht der deutsche Kaiser dem Monarchen den Feldmarschallsstab. Bulgarien kämpft seit 1915 im Ersten Weltkrieg auf deutscher Seite.

Gesellschaft

Die beiden Kriegsverbündeten Deutschland und Österreich-Ungarn beraten über die Zeit nach dem Ersten Weltkrieg. Die zweitägige Konferenz in Dresden endet heute. Dabei kam das Mitteleuropamodell zur Sprache: ein Wirtschaftsraum von Dänemark bis an die Adria – geführt von Deutschland. Alle Pläne scheitern daran, daß die Verbündeten den Krieg 1918 verlieren.

Satt an Kartoffeln fressen sich in diesem Winter die Schweine. Da die Kartoffelernte nicht beschlagnahmt worden ist, haben die Bauern einen Teil der Ernte an das Vieh verfüttert und an Brennereien verkauft.

Wetter

Dauerniederschläge sorgen im Januar 1916 für trübe Aussichten. Mit 100 mm schlägt dieser Monat alle Rekorde; normalerweise fallen 43 mm. Nur die extrem milden Temperaturen um 4,0 °C entschädigen für die nassen Füße.

Donnerstag 18. Januar

Gesellschaft

Die Auswirkungen des Krieges spüren auch die Briten am eigenen Leib. Kartoffeln, Zucker und Zündhölzer sind nur noch zu Schwarzmarktpreisen zu haben. Der Unmut der Bevölkerung entlädt sich in bürgerkriegsähnlichen Unruhen, die heute vor allem in den Großstädten der mittel- und nordenglischen Industriereviere ausbrechen.

Politik

Trostlos ist die Situation in Rußland. Die katastrophale Versorgungslage – vor allem in Moskau – führt zu ersten Streiks und Demonstrationen. Im März fegt ein Arbeiter- und Soldatenaufstand das Zarenregime hinweg. Die Oktoberrevolution schließlich bringt die Kommunisten unter Wladimir I. Lenin an die Macht.

Stars der Jahre 1910–1919

David Wark Griffith
Filmregisseur
Mary Pickford
Filmschauspielerin
Enrico Caruso
Sänger
Douglas Fairbanks
Filmschauspieler
Charlie Chaplin
Filmschauspieler

Wetter

Grimmiger Frost und anhaltende Schneefälle bestimmen den Januar 1917. Die Durchschnittstemperatur von –1,9 °C liegt erheblich unter dem langjährigen Mittelwert von –0,4 °C.

Freitag 18. Januar

Gesellschaft

Zu einem knappen Gut wird frische Trinkmilch. Besonders in den Städten ist der Engpaß spürbar. Dort wird ab sofort nur noch Kondensmilch und Milchpulver auf die Lebensmittelkarten ausgegeben. Die alliierte Blockade im Krieg hat die Lebensmittelversorgung in Deutschland ständig verschlechtert.

Preise in den Jahren 1910–1919

1 kg Butter	2,74
1 kg Mehl	1,90
1 kg Fleisch	3,00
1 Ei	0,13
1 l Vollmilch	0,25
10 kg Kartoffeln	3,30
Stundenlohn	0,66

in Mark, Stand 1913

Gesellschaft

Aufatmen können die Fahrgäste der Deutschen Reichsbahn. Sie brauchen auf den Bahnhöfen nicht mehr so sehr um ihr Gepäck zu bangen. In Bochum steht heute eine Bande von Taschendieben vor Gericht, die seit langer Zeit ihr unlauteres Handwerk auf großen deutschen Bahnhöfen, vor allem in den Großstädten an Rhein und Ruhr, betrieben hatte.

Wetter

Ein harter Winter hatte sich im Dezember angekündigt. Im Januar 1918 bleiben die Temperaturen jedoch relativ normal. Mit 0,5 °C liegt die Durchschnittstemperatur über dem langjährigen Mittelwert von –0,4 °C.

Samstag 18. Januar

Politik

Wirtschaftshilfe wollen sich die Niederlande und das Deutsche Reich leisten. In einem heute unterzeichneten Abkommen wird festgehalten, daß Lieferungen von Lebensmitteln aus den Niederlanden im Austausch gegen deutsche Kohlen erfolgen sollen. In diesem Zusammenhang wird der Personenverkehr der deutschen Bahnen zugunsten von Versorgungsfahrten eingeschränkt.

Politik

Für Europa sollen wieder friedliche Zeiten anbrechen. Im Spiegelsaal des Schlosses von Versailles tritt die alliierte Konferenz zur Vorbereitung des Friedensvertrages zusammen. Der Versailler Vertrag beendet offiziell den Ersten Weltkrieg.

Gesellschaft

Keine finanziellen Sorgen, aber auch keinen Staat mehr hat der frühere König Wilhelm II. von Württemberg. Die Regierung in Stuttgart gewährt ihm eine jährliche Rente von 200 000 Mark.

Wetter

Recht mild ist der Januar 1919. Das Thermometer zeigt gelegentlich schon Werte deutlich über 1 °C.

1920–1929

Highlights des Jahrzehnts

1920

- Prohibition: Alkoholverbot in den USA
- NSDAP verabschiedet ihr Programm
- Kapp-Putsch scheitert
- Erstmals Salzburger Festspiele

1921

- Alliierte besetzen das Rheinland
- Hitler wird NSDAP-Vorsitzender
- Hormon Insulin entdeckt
- Rudolph Valentino wird Frauenidol
- Vertrag von Sèvres bedeutet Ende des Osmanischen Reichs

1922

- Hungersnot in Rußland
- »Deutschlandlied« wird zur Nationalhymne erklärt
- Mussolinis Marsch auf Rom
- Gründung der UdSSR
- Grab des Tutanchamun entdeckt
- Deutsch-russische Annäherung durch Vertrag von Rapallo
- Gründung der BBC
- Johnny Weissmuller stellt über 100 m Kraul den ersten seiner 67 Weltrekorde auf (58,6 sec)

1923

- Franzosen besetzen Ruhrgebiet
- Hitlers Putschversuch scheitert
- Währungsreform beendet Inflation im Deutschen Reich
- Die Türkei wird Republik

1924

- Erstmals Olympische Winterspiele
- Revolutionsführer Lenin stirbt
- Dawes-Plan lockert finanzielle Zwänge für Deutschland
- VIII.Olympische Spiele: Läufer Paavo Nurmi gewinnt 5 Goldmedaillen

1925

- Einparteiendiktatur in Italien
- Neugründung der NSDAP
- Hindenburg wird nach dem Tod Eberts Reichspräsident
- Europäische Entspannung durch Locarno-Pakt
- Joséphine Baker wird im Bananenröckchen zum Weltstar

1926

- Japans Kaiser Hirohito besteigt den Thron
- Militärputsch Pilsudskis in Polen
- Walt Disneys Mickey Mouse erblickt das Licht der Welt
- Deutschland im Völkerbund

1927

- Stalin entmachtet politische Gegner
- Charles Lindbergh überfliegt den Atlantik
- Uraufführung des Films »Metropolis« von Fritz Lang

1928

- Briand-Kellogg-Pakt zur Kriegsächtung unterzeichnet
- Alexander Fleming entdeckt das Penicillin
- »Dreigroschenoper« von Brecht und Weill uraufgeführt
- Erste Transatlantik-Fluglinie

1929

- Youngplan regelt Reparationen
- »Schwarzer Freitag« in New York löst Weltwirtschaftskrise aus
- Erste Oscar-Verleihung in Hollywood
- Antikriegs-Roman »Im Westen nichts Neues« von Erich Maria Remarque

◄ **Unnahbare Schönheit: Marlene Dietrich auf dem Weg zum Welterfolg**

1920

Sonntag 18. Januar

Politik

Keine Mitbestimmungsrechte mehr haben in Zukunft die Arbeiter und Angestellten in deutschen Fabriken. Die Weimarer Nationalversammlung billigt in dritter Lesung mit 215 gegen 63 Stimmen das Betriebsrätegesetz. Es verpflichtet Betriebsräte zur Erfüllung der Betriebszwecke, räumt ihnen andererseits jedoch keinerlei wirtschaftliche Mitbestimmung ein. Das Gesetz markiert somit das Ende des Rätesystems im Deutschen Reich. Nach des Kaisers Abdankung 1918 waren überall sozialistische Räte zusammengetreten, um die Macht zu übernehmen. Aus dem erhofften Kommunismus wurde die Weimarer Republik.

Stars der 20er Jahre

Buster Keaton
Filmschauspieler
Johnny Weissmuller
Schwimmer
Rudolph Valentino
Filmschauspieler
Joséphine Baker
Tänzerin
Charles Lindbergh
Flieger

Gesellschaft

»Land unter« heißt es wieder einmal in Köln. Graue und schlammige Fluten hat der Hochwasser-Rhein wieder in die Altstadtgassen gespült.

Wetter

Noch etwas wärmer als im Vorjahr ist der Januar diesmal – mit durchschnittlich 2,0 °C. Die Dauerniederschläge, die in den letzten Wochen das Wetter bestimmten, klingen allmählich ab.

Dienstag 18. Januar

Politik

Um Objektivität bemüht ist die interalliierte Kommission. Sie verbietet für acht Tage das Erscheinen der beiden oberschlesischen Zeitungen »Königshütter Tageblatt« und »Kattowitzer Zeitung«. Beide Blätter stehen im Ruf, deutsche Interessen in Oberschlesien zu unterstützen. Durch das Verbot soll eine Manipulation der Bevölkerung, die in Kürze über ihre Zugehörigkeit zu Polen oder Deutschland zu bestimmen hat, verhindert werden. Nach der Abstimmung zerfällt Oberschlesien in einen polnischen und einen deutschen Teil.

Politik

Der Bürgerkrieg in Irland zwischen Protestanten und Katholiken spitzt sich zu. In der Hauptstadt Dublin und im südirischen Cork kommt es zu Straßenkämpfen. Südirland wird 1922 unabhängig von Großbritannien, während der Norden britisch bleibt. Hier geht der Bürgerkrieg weiter.

Wetter

Der Winter verabschiedet sich in diesem Jahr scheinbar schon im Januar. Das Thermometer steigt auf ungewöhnlich hohe Temperaturen um 5 °C. Die milde Witterung geht allerdings mit häufigen Niederschlägen einher.

Mittwoch 18. Januar

Gesellschaft

Immer noch gelten Farbige als Minderwertige in der amerikanischen Gesellschaft. Dies jedenfalls belegen schockierende Zahlen der »Nationalen Vereinigung des farbigen Volks«. In der Mitteilung steht, daß in den USA im vorausgegangenen Jahr 63 schwarze Bürger von Weißen gelyncht worden sind.

Tiefe Taille und schmale Silhouette: Mode im Zeichen des Art déco

Gesellschaft

Auf einer Rektorenkonferenz der deutschen Universitäten wird der Beschluß gefaßt, an den Hochschulen künftig den 18. Januar mit Feiern zu begleiten. Am 18. Januar 1871 wurde Wilhelm I. zum deutschen Kaiser ausgerufen. Viele Deutsche können sich mit der Republik nicht anfreunden und »wollen ihren Kaiser Wilhelm wieder«.

Wetter

Grimmiges Winterwetter beherrscht zum ersten Mal seit Jahren wieder den Januar. Die Temperaturen sinken auf durchschnittlich –3,5 °C; der langjährige Mittelwert liegt bei –0,4 °C.

Donnerstag 18. Januar

Politik

Nur schleppend und unvollständig kommt das Deutsche Reich seinen Reparationsverpflichtungen an Frankreich und Belgien nach und hält sich damit nicht an den 1919 in Versailles geschlossenen Friedensvertrag zwischen dem Deutschen Reich und den Siegermächten. Um ihren Forderungen an Kriegsentschädigungen Nachdruck zu verleihen, sind am 11. Januar 60 000 französische und belgische Soldaten in Essen und Gelsenkirchen einmarschiert. Durch Truppentransporte ins Ruhrgebiet wird die Besatzungsarmee jetzt weiter vergrößert. Zudem beschlagnahmt heute die Rheinlandkommission, ein interalliierter Ausschuß für die Rheinlande, die Kohlensteuer und Zölle für die besetzten Rheingebiete. Daraufhin erteilt Reichsfinanzminister Hermes den Beamten der Finanzverwaltung die Anweisung, den französischen Forderungen nicht mehr nachzukommen. Der passive Widerstand im »Ruhrkampf« bricht los.

Vornehm und doch lässig: Burberry aus imprägniertem Baumwollstoff

Wetter

Angenehm mild im Vergleich zum Vorjahr ist das Wetter im Januar 1923 mit Werten um 2,2 °C.

1924

Freitag 18. Januar

Politik

Wieder eine Regierungskrise in Finnland: Auslöser sind Meinungsverschiedenheiten zwischen der Regierung und Staatspräsident Kaarlo Juho Stahlberg über die Minderheitsrechte für die Schweden in Finnland. Wahlen sollen Klärung bringen. Bis zu den für den 1. April geplanten Neuwahlen wird eine Geschäftsregierung unter Leitung von Aimo Kaarlo Cajander eingesetzt. Das seit 1917/18 erstmals unabhängige Land ist innerlich zerstritten. Bis 1939 wechseln 23mal die Kabinette.

Ganz Aschaffenburg ist auf den Beinen, um eine sportliche und akrobatische Sensation mitzuerleben. Unter den Augen von 25 000 staunenden Zuschauern klettert der Gewichtheber Georg Vogel auf einen 55 m hohen Fabrikschornstein, wo er mehrere Male einen sauberen Handstand macht.

Kultur

In Berlin wird der zweiteilige Film »Der große Unbekannte« uraufgeführt. In dem von Willi Wolff inszenierten Film ist Ellen Richter in der Hauptrolle zu sehen. Sie ist die Stummfilmdiva der Saison. Das Zeitalter des Tonfilms beginnt erst im Jahr 1927.

Wetter

Mit strengem Frost und ungewöhnlich niedrigen Temperaturen um –3,2 °C präsentiert sich der Januar in diesem Jahr.

Sonntag 18. Januar

Politik

Noch ist die politische Landschaft im Deutschen Reich stabil. Bei den Landtagswahlen in Lippe-Detmold ergeben sich nur geringe Veränderungen gegenüber dem Ergebnis von 1921. Stärkste Fraktion bleiben die Sozialdemokraten (SPD) mit acht Sitzen. Es folgen die Deutschnationale Volkspartei (DNVP) und die Deutschvölkische Freiheitspartei (DVFP) mit jeweils sechs Sitzen. Noch erkennt niemand, welche Gefahr von den rechtsgerichteten Parteien ausgeht, die auf Reichsebene Steigbügelhalter Hitlers werden.

Die besten Turner Deutschlands kommen aus dem Frankenland. Bei einem Städtevergleichskampf in Hannover siegt die Mannschaft aus Nürnberg vor den Athleten aus der preußischen Provinzhauptstadt.

Politik

Auf den Tag genau sechs Jahre ist es jetzt her, daß die beiden Führer der Kommunistischen Partei Deutschlands, Rosa Luxemburg und Karl Liebknecht, in Berlin von Soldaten ermordet wurden. Zu ihrem Gedenken versammeln sich in Berlin 25 000 Menschen zu einer Demonstration.

Wetter

Das Thermometer fällt im Januar auf Tiefstwerte um –3,2 °C. Es gibt häufig Schneefall.

Montag 18. Januar

Gesellschaft

Was an der Versorgung von Haushalten mit Gas schon lange kritisiert wird, offenbart sich wieder einmal auf schlimme Weise. Nach einer Gasexplosion stürzt im Berliner Stadtteil Moabit ein vierstöckiges Wohnhaus zusammen. Der Explosion waren allerdings Warnungen vorausgegangen. Anwohner hatten einen Gasgeruch wahrgenommen, aber zu spät.

Rekorde in den 20er Jahren

Schwimmen: J. Weissmuller (USA) – 58,6 sec/100 m Freistil (1922)
10 000 m: P. Nurmi (FIN) – 30:06,1 min (1924)
1500 m: O. Peltzer (GER) – 3:51,0 min (1926)
Kugelstoßen: Emil Hirschfeld (GER) – 16,04 m (1928)

Politik

Zu viele Besatzungssoldaten der Siegermächte des Weltkriegs sind nach Auffassung der deutschen Reichsregierung derzeit im Rheinland stationiert. Durch ihre Botschafter in London, Paris und Brüssel bittet die Regierung um die Reduzierung der Streitkräfte. Das Rheinland bleibt bis 1930 besetzt.

Wetter

Nach zwei kalten Wintern hält sich der Frost im Januar 1926 etwas zurück. Das Thermometer erreicht einen Durchschnittswert, der mit –0,2 °C knapp über dem langjährigen Mittelwert (–0,4 °C) liegt.

Dienstag 18. Januar

Politik

Sehr bemüht um das Ansehen des Deutschen Reichs im Ausland zeigt sich die Filmprüfstelle in Berlin. Sie untersagt die Vorführung eines Dokumentarfilms über den Armee- und Marinetag im August des Vorjahres. Der Film zeigt u.a. Szenen vom Aufmarsch der Reichswehrabteilungen. Niemand soll den Eindruck bekommen, daß in Deutschland acht Jahre nach Ende des Ersten Weltkriegs wieder das Militär das Sagen hat.

Technik

Das Automobil hat seinen Siegeszug begonnen. Nach einer jetzt auch in Deutschland veröffentlichten Statistik sind weltweit bereits über 27 Millionen Kraftfahrzeuge registriert. Die meisten Wagen rattern durch die USA. Nach Hafen- und Eisenbahnstädten entstehen nun die Autostädte entlang den großen Straßen. Dort gibt es auch schon Einkaufszentren mit großen Parkplätzen.

Wetter

Recht mild ist der Januar 1927. Es herrschen Temperaturen, die mit durchschnittlich 2,3 °C weit über dem langjährigen Mittelwert liegen (–0,4 °C). Das sonnige Wetter wird allerdings durch relativ häufige Niederschläge getrübt.

Mittwoch 18. Januar

Gesellschaft

Eine außergewöhnlich harte Strafe muß der deutsche Student Georg Hansen antreten. Er wird in London zu zehn Jahren Zuchthaus verurteilt. Hansen war nachgewiesen worden, daß er sich zusammen mit einem britischen Kommunisten, der ebenfalls für zehn Jahre hinter Gitter muß, um Informationen über britische Waffenlieferungen an antikommunistische Staaten bemüht hat.

Politik

Ohne konkretes Ergebnis endet in Berlin die dreitägige Länderkonferenz für eine geplante Reichs- und Verwaltungsreform. Die Weimarer Republik ist nun über acht Jahre alt. Trotzdem ist das Verhältnis zwischen Ländern und Zentralregierung noch nicht eindeutig geklärt. Die Länder sind aus den früheren Fürstentümern des Kaiserreiches hervorgegangen. Welche Macht sie im Steuer- und Finanzsystem haben, bleibt offen.

Wetter

Mit klirrender Kälte war das Jahr 1927 zu Ende gegangen. Dagegen herrschen im Januar vergleichsweise angenehme Temperaturen um 1,3 °C, die deutlich über dem langjährigen Mittelwert für den Monat (–0,4°C) liegen.

Freitag 18. Januar

Politik

Das Verhältnis zwischen der bayerischen Landwirtschaftskammer und der Reichsregierung in Berlin wird zunehmend gespannter. Auf einer Kundgebung in München verlangen Vertreter der Bauern bis zur Einbringung der Ernte 1929 massive Steuersenkungen für Landwirte. Die Agrarier drohen mit der Einstellung von Nahrungsmittellieferungen, falls die Regierung diesen Forderungen nicht nachkommt. Die Bauern stehen unter dem Konkurrenzdruck von Billiganbietern aus den Nachbarländern und den USA.

Gesellschaft

Überrascht ist der ein oder andere Taxigast in Berlin. Er wird von einer Dame durch die Straßen der Reichshauptstadt kutschiert. Elli Blarr tritt heute ihren Dienst als erste Taxifahrerin an.

Wetter

Ein Rekordwinter bahnt sich Anfang 1929 an. Die Januartemperaturen fallen zum ersten Mal seit Jahrzehnten auf durchschnittlich –4,4 °C. Dazu gibt es viel Schnee.

Preise in den 20er Jahren

1 kg Butter	3,60
1 kg Mehl	0,50
1 kg Fleisch	2,50
1 Ei	0,20
10 kg Kartoffeln	0,80
Stundenlohn	0,93

in RM, Stand 1926 (ohne Inflationsjahre)

1930 – 1939

Highlights des Jahrzehnts

1930

- Mahatma Gandhi startet Salzmarsch
- Marlene Dietrich avanciert im Film »Der Blaue Engel« zum Weltstar
- Uruguay wird erster Fußballweltmeister
- Max Schmeling durch Disqualifikationssieg Boxweltmeister im Schwergewicht

1931

- Spanien wird Republik
- Vorführung des Ganzmetallflugzeugs »Ju 52« (»Tante Ju«)
- Empire State Building höchstes Gebäude der Welt
- Mafia-Boß Al Capone hinter Gittern

1932

- Staatsstreich in Preußen
- Wahlsieg der NSDAP
- Chaco-Krieg um Erdöl zwischen Bolivien und Paraguay
- Proklamation des Staates Saudi-Arabien

1933

- Adolf Hitler zum Reichskanzler ernannt
- Reichstagsbrand in Berlin
- Ermächtigungsgesetz in Kraft
- Deutsche Studenten verbrennen »undeutsche« Literatur

1934

- Nationalsozialistischer Volksgerichtshof gegründet
- »Röhm-Putsch« niedergeschlagen
- Mord an Bundeskanzler Dollfuß – Ende der 1. Republik Österreich
- Maos Kommunisten in China auf dem »Langen Marsch«

1935

- Judenverfolgung mit sog. Nürnberger Gesetzen
- Italien marschiert in Äthiopien ein
- Porsche baut Prototyp für VW »Käfer«
- Deutsch-britisches Flottenabkommen

1936

- Beginn des Spanischen Bürgerkriegs
- Volksfrontregierung in Frankreich
- Ausstellung »Entartete Kunst«
- XI. Olympische Spiele in Berlin zur NS-Propaganda genutzt
- Margaret Mitchell veröffentlicht »Vom Winde verweht«
- Schauprozesse in der UdSSR

1937

- Krieg zwischen Japan und China
- Georg VI. in London gekrönt
- Zeppelin LZ »Hindenburg« explodiert in Lakehurst
- Niederländische Kronprinzessin Juliana heiratet Prinz Bernhard

1938

- »Anschluß« Österreichs ans Deutsche Reich
- Münchner Abkommen soll Hitler bezähmen
- Terror gegen Juden in der »Reichskristallnacht«
- Otto Hahn gelingt erste Atomspaltung

1939

- Deutsche Truppen marschieren in Prag ein
- Hitler-Stalin-Pakt
- Beginn des Zweiten Weltkrieges

◀ **Gewaltfreiheit als Prinzip: Mahatma Gandhi auf seinem »Salzmarsch« (1930)**

Samstag 18. Januar

Gesellschaft

Ein wichtiger Tag in der Geschichte Kölns bricht an. Vertreter der Stadt und des US-Automobilunternehmens Ford unterzeichnen in der Rheinmetropole einen Vertrag über die Errichtung einer Automobilfabrik. Das Werk soll im Kölner Norden, im Stadtteil Niehl, entstehen. Die Grundsteinlegung ist für den September 1930 geplant. Der erste in Köln-Niehl montierte Ford rollt am 4. Mai 1931 vom Band.

Stars der 30er Jahre

Louis Armstrong
Trompeter
Marlene Dietrich
Filmschauspielerin
Greta Garbo
Filmschauspielerin
Fred Astaire
Tänzer/Schauspieler
Sonja Henie
Eiskunstläuferin

Kultur

Eine Theateraufführung mit weitreichender politischer Signalwirkung findet in Freiburg statt. Dort gastiert das Straßburger Stadttheater. Seit dem Ersten Weltkrieg ist dies das erste offizielle Gastspiel eines französischen Theaterensembles auf deutschem Boden. Wenigstens kulturell findet eine Versöhnung der Gegner aus dem Weltkrieg statt.

Wetter

Zu warm ist der Januar 1930. Mit durchschnittlichen 2,2 °C steigt das Quecksilber beachtliche 2,6 °C höher, als es der Monatsstandard verlangt.

Sonntag 18. Januar

Politik

NSDAP-Führer Adolf Hitler hat eine Unterredung mit dem 1930 zum Chef der Heeresleitung ernannten Kurt Freiherr von Hammerstein-Equord. Die meisten Oberen in der Reichswehr sind von Hitlers »Programm« angetan. Hitler, der 1933 an die Macht kommt, steht für Aufrüstung und eine starke Armee. Offiziell darf das Deutsche Reich nach der Niederlage im Ersten Weltkrieg nur 100 000 Mann unter Waffen halten.

Gesellschaft

Während die Zahl der Arbeitslosen allmählich auf die Fünfmillionengrenze zusteuert, versucht die Regierung in Berlin durch erzwungene Lohnsenkungen die Wettbewerbsfähigkeit der deutschen Wirtschaft wiederherzustellen. Durchschnittlich sinken die Löhne derjenigen, die überhaupt Arbeit haben, dieses Jahr um fast 6%. Die Weltwirtschaftskrise ruiniert global die Leistungen der »golden twenties«.

Wetter

Knapp über dem Gefrierpunkt bewegen sich die Temperaturen in diesem Januar. Die wenig spektakuläre Witterung wird von anhaltenden Schnee- und Regenschauern begleitet.

Montag 18. Januar

Politik

Seine politische Einstellung darf nun jeder wieder öffentlich zeigen. Das offene Tragen von Parteiabzeichen in Form von Anstecknadeln ist wieder erlaubt. Der deutsche Reichsinnenminister Wilhelm Groener hebt eine im Dezember 1931 von der Regierung Brüning erlassene Verordnung auf, die das Zeigen von Parteiemblemen in der Öffentlichkeit unter Strafe gestellt hat. Brüning wollte damit die häufigen Straßenschlachten politischer Gegner in Berlin verhindern.

Rekorde in den 30er Jahren

200 m: J. Carlton (AUS) – 20,6 sec (1932)
Weitsprung: Jesse Owens (USA) – 8,13 m (1935)
Weitsprung: Erika Junghans (GER) – 6,07 m (1939)
400 m: Rudolf Harbig (GER) – 46,0 sec (1939)

Politik

Die Loslösung des Baskenlandes von Spanien ist Thema einer Großkundgebung in der nordspanischen Stadt Bilbao. Seit dem Mittelalter versuchen sich die Basken zu einem eigenen Staat zusammenzuschließen.

Wetter

Recht mild zeigt sich der Januar 1932. Das Thermometer erreicht durchschnittlich 1,7 °C (langjähriges Mittel –0,4 °C).

Mittwoch 18. Januar

Politik

Kurz vor der Machtübernahme steht die NSDAP. Heute wird in einigen Tageszeitungen von einem Treffen Hitlers mit Alfred Hugenberg am Vorabend berichtet. Bei dieser Unterredung ist es um eine Regierungsbeteiligung der Deutschnationalen bei einer möglichen Kanzlerschaft Hitlers gegangen. Nur knapp vierzehn Tage später ist der NSDAP-Führer am vorläufigen Ziel seiner Wünsche. Am 30. Januar beruft Reichspräsident Paul von Hindenburg Hitler zum Reichskanzler und beauftragt ihn mit der Regierungsbildung. Deutschlands dunkelste Jahre beginnen.

Politik

Die deutsche Landwirtschaft ist hoffnungslos verschuldet. Vor dem Haushaltsausschuß des Reichstages beziffert der parteilose Reichswirtschaftsminister Hermann Warmbold die Schuldenhöhe für Ende 1932 auf rund 620 Mio. Reichsmark. Kaum einer der drei Millionen Höfe arbeitet rentabel.

Wetter

Ein frostiger Januar mit durchschnittlich –3,3 °C folgt den milden Wintern der letzten Jahre. Als Trostpflaster für die Minustemperaturen überwiegen die Sonnentage. Es fallen kaum Niederschläge.

Donnerstag 18. Januar

Kultur

Unter strenger Kontrolle stehen ab sofort die staatlichen Theater im Deutschen Reich. Der Reichsminister und preußische Ministerpräsident Hermann Göring (NSDAP) übernimmt die Verwaltung der Staatstheater in Preußen. Die Kinos und die Filmwirtschaft hält Joseph Goebbels unter Kontrolle. Die Deutschen können nichts mehr genießen, was den Nazis mißfällt.

Gesellschaft

Im nördlichen Indien und in Nepal bebt einmal die Erde. Bei den schweren Erschütterungen werden zahlreiche Siedlungen zerstört. Das Vorland des Himalaja-Gebirges liegt an einer Nahtstelle der Erdkruste. Hier schiebt sich seit ungefähr sechzig Millionen Jahren eine Erdplatte unter eine andere. Dieser Vorgang vollzieht sich nicht gleichmäßig, sondern in unregelmäßig auftretenden Schüben.

Preise in den 30er Jahren

1 kg Butter	2,96
1 kg Mehl	0,47
1 kg Fleisch	1,60
1 l Vollmilch	0,23
1 Ei	0,10
10 kg Kartoffeln	0,90
1 kg Kaffee	5,33
Stundenlohn	0,78

in RM, Stand 1934

Wetter

Um einiges wärmer als gewöhnlich ist der Januar 1934. Das Thermometer zeigt Werte um 1,2 °C an.

Freitag 18. Januar

Gesellschaft

Der Umbau des Bildungssystems durch die Nationalsozialisten ist voll im Gang. Der Reichsbildungsminister Bernhard Rust erläßt eine Verordnung zur Neuregelung des Jurastudiums. In den ersten beiden Semestern sollen die »völkischen Grundlagen der Wissenschaft« vermittelt werden.

Ein großes Geburtstagsfest feiern die Menschen in der peruanischen Hauptstadt Lima. Ihre Stadt wird heute 400 Jahre alt. Die Stadt war 1535 von dem spanischen Eroberer Francisco Pizarro gegründet worden. Die Festlichkeiten dauern fast vierzehn Tage – vielleicht, um Pizarros Schreckensherrschaft vergessen zu machen.

Politik

Großbritannien leidet unter den Folgen der Weltwirtschaftskrise. 2,3 Millionen Erwerbsfähige stehen ohne Arbeit da. In dieser Situation macht der ehemalige britische Ministerpräsident David Lloyd George einen in der Öffentlichkeit viel beachteten Vorschlag. Staatliche Arbeitsbeschaffungsmaßnahmen nach amerikanischem Vorbild sollen das Problem lösen.

Wetter

Schnee und Regen sind bei einer mittleren Temperatur von –0,4 °C in diesem Januar vergleichsweise ergiebig. Die Niederschlagsmenge von 56 mm liegt über dem langjährigen Mittel (43 mm).

Samstag 18. Januar

Gesellschaft

Vollstes Verständnis klingt in den Kommentaren der Tageszeitungen zu der geplanten Geschwindigkeitsbegrenzung für Kraftfahrzeuge mit. Am Vortag hat Reichsminister Rudolf Heß vor den Gefahren zu hoher Geschwindigkeiten gewarnt. 1932 sind 6575 Menschen in Deutschland durch Verkehrsunfälle getötet worden, 1936 bei doppelt so hohem Kfz-Bestand 8388.

Figurbetonte Eleganz in den 30er Jahren: Kostüm aus Wollstoff mit Lederpaspeln

Politik

Auch in Österreich machen sich die Nationalsozialisten bemerkbar. In der ganzen Alpenrepublik verteilen Anhänger der »Nationalsozialistischen Bewegung Österreichs« ein Flugblatt, in dem die Regierung aufgefordert wird, sich einer allgemeinen Volksabstimmung über ihre Politik zu stellen. 1938 holt Hitler die Alpenrepublik »heim ins Reich«.

Wetter

Mild ist der Januar 1936. Das Thermometer zeigt Werte um 3,3 °C (langjähriger Mittelwert –0,4 °C). Es gibt immer wieder anhaltende Niederschläge.

Montag 18. Januar

Politik

An Erfindungsreichtum mangelt es den Nationalsozialisten nicht, wenn es um die Verbreitung ihrer Parolen geht. Bereits im Vorschulalter sollen Kinder in entsprechenden Einrichtungen der NS-Ordensburgen manipuliert werden. »Jugendführer« von Schirach gibt vor der Presse die Gründung solcher Einrichtungen bekannt.

Politik

Geschickt findet sich der deutsche Militärattaché in Prag. Er lehnt es ab, sich durch eine Besichtigung der tschechoslowakischen Flugplätze davon zu überzeugen, daß dort keine sowjetischen Flugzeuge stehen. Er müßte sonst auch zugeben, daß die NS-Propaganda über die »rote Gefahr« Humbug ist. Hitler sucht nur Vorwände, um das Land zu schlukken, was er 1938/39 tut.

Der Herr liebt es eher klassisch: Sommersakko aus hellem Fischgrät

Wetter

Klirrende Kälte und Dauerfrost bestimmen den Januar in diesem Jahr. Die Temperatur sinkt auf durchschnittlich –3 °C, obwohl die Sonnentage überwiegen.

Dienstag 18. Januar

Kultur

Von langen Menschenschlangen vor den Lichtspielhäusern in den deutschen Großstädten wird in diesen Tagen berichtet. Sie stehen für den Spielfilm »Der Tiger von Eschnapur« an, der zu den erfolgreichsten Kinoproduktionen der Filmgeschichte gehört. Heute werden neue Besucherrekorde gemeldet. Wenige Tage später findet die Uraufführung des Fortsetzungsfilms »Das indische Grabmal« statt, der noch einmal alle Zuschauerrekorde brechen wird. Die beiden Folgen werden als Hauptwerk des deutschen Abenteuer-Großfilms exotischer Prägung gefeiert.

Politik

Auf politischen Linkskurs begibt sich die französische Regierung. Der Radikalsozialist Camille Chautemps stellt in Paris ein neues Kabinett vor, dem bis auf zwei Ausnahmen nur Radikalsozialisten angehören.

Wetter

Naßkalte Witterung bringt der Januar 1938. Das Quecksilber steigt zwar bei einer Durchschnittstemperatur von 1,8 °C weit über den langjährigen Mittelwert (–0,4 °C). Anhaltende Niederschläge trüben aber die Freude über den milden Winter.

Mittwoch 18. Januar

Politik

Die Schikanen gegen Juden durch die Schergen des NS-Regimes nehmen eine neue Dimension an. Nachdem Juden bereits der Besuch von Kinos, Theatern, Konzerten und Kunstausstellungen verboten ist, wird ihnen ab heute der Führerschein entzogen. Auf Beschluß des Reichswirtschaftsministeriums sind Juden auch nicht mehr zu gesetzlichen Prüfungen bei Handwerks-, Handels- und Industriekammern zugelassen. Zusätzlich verlieren durch eine neue Verordnung zum Reichsbürgergesetz jüdische Zahn- und Tierärzte sowie Apotheker ihre Zulassung.

Gesellschaft

Den Schupo muß man hören: Damit die Stimme der Ordnungshüter im Straßenverkehr nicht mehr so leicht untergeht, sollen sie durch Lautsprecherwagen Verstärkung erhalten. Feldversuche in Berlin haben gezeigt, daß elektrisch verstärkte Verkehrsregelung wirksamer ist.

Wetter

Von seiner Sonnenseite – trotz relativ häufiger Niederschläge – zeigt sich der Januar 1939. Die Temperaturen bewegen sich um 3,0 °C und liegen damit weit über dem Standard.

1940–1949

Highlights des Jahrzehnts

1940

- Deutscher Luftkrieg gegen Großbritannien
- Beginn der Westoffensive
- Winston Churchill neuer britischer Premierminister

1941

- Schottlandflug von Rudolf Heß
- Deutscher Überfall auf die Sowjetunion
- Japan greift Pearl Harbor an – Kriegseintritt der USA
- »Citizen Kane« von Orson Welles in den Kinos

1942

- Wannsee-Konferenz beschließt Judenvernichtung
- 6. Armee in Stalingrad eingeschlossen
- Beginn alliierter Luftangriffe auf deutsche Städte
- »Casablanca« mit Ingrid Bergman und Humphrey Bogart uraufgeführt

1943

- Goebbels propagiert den »totalen Krieg«
- Ende der Widerstandsgruppe »Weiße Rose«
- Aufstand im Warschauer Ghetto scheitert

1944

- Alliierte landen in der Normandie
- Stauffenberg-Attentat auf Hitler scheitert
- Charles de Gaulle wird Staatschef Frankreichs
- US-Präsident Franklin D. Roosevelt zum dritten Mal wiedergewählt

1945

- KZ Auschwitz befreit
- Bedingungslose Kapitulation Deutschlands
- Vereinte Nationen gegründet
- Beginn der Potsdamer Konferenz
- US-Atombomben zerstören Hiroshima und Nagasaki

1946

- Gründung der SED
- Nürnberger NS-Prozesse
- US-Atombombentests im Südpazifik
- Hilfe durch Care-Pakete aus den USA
- Französischer Kolonialkrieg in Vietnam

1947

- Marshallplan-Hilfe für Europa
- Indien feiert Unabhängigkeit von Großbritannien
- GATT regelt den Welthandel
- Thor Heyerdahls »Kon-Tiki«-Expedition erfolgreich

1948

- Mahatma Gandhi ermordet
- Währungsreform in Ost und West
- UdSSR verhängt Berlin-Blockade
- Staatsgründung Israels
- Korea gespalten
- UNO-Menschenrechtsdeklaration

1949

- Gründung der NATO
- Grundgesetz für die Bundesrepublik Deutschland verkündet
- Konrad Adenauer erster Bundeskanzler
- Proklamation der Deutschen Demokratischen Republik
- Chinesische Revolution

◀ **Charlie Chaplin als »Großer Diktator« (1940)**

Donnerstag 18. Januar

Gesellschaft

Viel politische Prominenz versammelt sich heute in der »Ostmark« – wie das 1938 »angeschlossene« Österreich nun heißt. Unter Anwesenheit von Reichsstudentenführer Gustav Adolf Scheel wird der erste Lehrgang des nationalsozialistischen Langemarck-Studiums eröffnet. Das Studium dient den Nationalsozialisten zur Vermittlung ihrer politischen und rassistischen Vorstellungen. Langemarck ist schließlich auch nicht irgendein Name: Bei dem Ort in Belgien »opferte« sich 1914 der frisch eingezogene deutsche Akademikernachwuchs für das Vaterland.

Kultur

Ein Stern geht auf: In »Escape to Happiness« ist die junge Schauspielerin Ingrid Bergman zu bewundern, die mit diesem Werk ihren Durchbruch in den USA schafft. Die Bergman wird ihre bekannteste Rolle 1942 in »Casablanca« spielen.

Wetter

Eine einzigartige Kältewelle läßt die Temperaturen auf –40° sinken und sorgt für Dauerfrost und eisige Schneestürme. Die Durchschnittstemperatur für den Januar 1940 erreicht einen sensationellen Wert von –9,6 °C.

Samstag 18. Januar

Politik

Wenig Chancen haben die deutschen Hitlergegner, sich in der Bevölkerung Gehör zu verschaffen. Dennoch lassen sich nicht alle Deutschen von den Durchhalteparolen der Nationalsozialisten beeinflussen. Manche protestieren auf leise Art. Aus heute veröffentlichten Sicherheitsdienstberichten geht hervor, daß eine überdurchschnittlich hohe Zahl junger Männer sich hat krankschreiben lassen. Die Ausfälle haben bereits zu ersten Produktionsrückständen in kriegswichtigen Betrieben geführt.

Politik

In Amerika wächst die antideutsche Stimmung während des Zweiten Weltkriegs. Vor dem deutschen Konsulat in San Francisco kommt es zu Ausschreitungen. In deren Verlauf reißen die Demonstranten die deutsche Flagge vom Mast und zerreißen sie in Stücke. Ende 1941 treten die USA gegen das Deutsche Reich in den Krieg ein.

Wetter

Hoffnungen auf einen milderen Winter als im Vorjahr werden im Januar 1941 enttäuscht. Die Durchschnittstemperatur liegt bei –6,3 °C. Die extreme Kälte und der Schnee werden zum viel diskutierten Tagesthema.

Sonntag 18. Januar

Politik

Als in der Praxis wenig bedeutend erweist sich eine in Berlin von Regierungsvertretern unterzeichnete deutsch-italienisch-japanische Militärkonvention. Sie dient der genauen Abgrenzung der militärischen Operationsgebiete. Als Trennlinie zwischen der deutsch-italienischen und der japanischen Einflußsphäre wird der 70. östliche Längenkreis festgeschrieben. Damit zählt Madagaskar zum deutschen Einflußgebiet. Das Mittelmeer und die Balkanländer sowie Nordafrika sollen an Italien, Ost- und Südostasien an Japan gehen.

Kultur

Das Extravagante an diesem Sommerkleid: der mit Tapeziernägeln besetzte Gürtel

Groß gefeiert wird der 50. Geburtstag des Komikers Oliver Hardy. Mit seinem Filmpartner Stan Laurel feiert der schwergewichtige Schauspieler als Duo »Dick und Doof« weltweite Erfolge.

Wetter

Wieder rutschen die Temperaturen wie in den beiden Vorjahren weit unter den langjährigen Mittelwert von –0,4 °C. Mit –3,2 °C bleibt die Kälte allerdings einigermaßen erträglich.

Montag 18. Januar

Politik

Einen großen Erfolg kann die Rote Armee verbuchen. Sie nimmt Petrokrepost ein und stellt damit erstmals wieder eine Landverbindung mit dem seit dem 8. September 1941 von Deutschen belagerten Leningrad her. Erst 1944 kann die Stadt aber nach 900 Tagen endgültig befreit werden.

Das Modemagazin »Esquire« stellt diese Abendmode für den Herrn vor

Kultur

Vier Jahre nach der Rückkehr aus Tibet ist es endlich soweit. »Geheimes Tibet«, der Filmbericht der deutschen Tibet-Expedition von Hans Schäfer aus den Jahren 1938/39, wird in München uraufgeführt.

Politik

London ist in diesen Tagen Hauptziel der deutschen Luftwaffe. In der Nacht zum 18. Januar greifen 118 Bomber die britische Metropole an.

Wetter

Erstmals seit 1939 bietet der Januar wieder höhere Temperaturen mit durchschnittlich 0,6 °C.

1944

Dienstag 18. Januar

Politik

Der Terror der deutschen Besatzer in den Niederlanden kostet heute acht Zivilisten das Leben. Offiziell werden sie wegen »kommunistischer Umtriebe« erschossen. Diese Floskel findet sich aber bei allen möglichen Justizmorden Deutschlands in dem seit 1940 besetzten Land. Selbst einfache Diebe werden manchmal mit dieser Begründung hingerichtet und alle Menschen, die Juden vor den Häschern der SS retten wollen.

Rekorde in den 40er Jahren

5000 m: G. Hägg (SWE) – 13:58,2 min (1942)
Hochsprung: Fanny Blankers-Koen (HOL) – 1,71 m (1943)
Marathon: Suh Yun Bok (KOR) – 2:25:39 h (1947)
Speerwerfen: Natalia Smirnizkaja (URS) – 53,41 m (1949)

Politik

Noch einmal stabilisieren die deutschen Truppen in Rußland die Front. Bei Witebsk gelingen Abwehrsiege. Im Sommer dieses Jahres zerbricht jedoch die Front unter dem Ansturm der Sowjets, die bis an die Grenzen des Deutschen Reiches vormarschieren.

Wetter

Ungewöhnlich mild, aber auch besonders feucht ist der Januar in diesem Jahr. Die mittlere Temperatur liegt bei 4,0 °C. Es fallen 71 mm Niederschläge, 28 mm mehr als im langjährigen Durchschnitt.

Donnerstag 18. Januar

Politik

Die deutsche Wehrmacht verliert an nahezu allen Abschnitten der Ostfront die Kontrolle über das Kriegsgeschehen. Streitkräfte der deutschen Wehrmacht müssen die südpolnische Stadt Krakau räumen. In der Nähe der polnischen Stadt Mlawa gelingt es der 2. Weißrussischen Front, die unter dem Befehl von Marschall Konstantin K. Rokossowski steht, an mehreren Stellen die deutschen Linien zu durchbrechen. Zur gleichen Zeit werden 98 000 Häftlinge des deutschen Konzentrations- und Vernichtungslagers Auschwitz vor den heranrückenden russischen Truppen evakuiert und auf einen Todesmarsch nach Westen geschickt.

Kultur

Wenig Verständnis zeigen die britischen Gewerkschaften für die Zusammenführung der vielen Einzelgesellschaften von Joseph Arthur Rank zu einem neuen Filmimperium. Sie protestieren gegen die damit erreichte Quasi-Monopolstellung der J. Arthur Rank Production Ltd.

Wetter

Tiefer Winter herrscht im Januar 1945 bei durchschnittlich –2,9 °C. Schneefälle und Dauerfrost begleiten den letzten Kriegsjanuar.

Freitag 18. Januar

Gesellschaft

Den Beruf des Lehrers sollen künftig nur noch Personen mit einer einwandfreien Vergangenheit ausüben dürfen. Der Alliierte Kontrollrat Deutschlands beschließt, daß ehemalige Mitglieder der NSDAP sowie ehemalige Offiziere der Wehrmacht für das Lehramt nicht zugelassen werden.

Politik

Sehr unterschiedlich fallen in Deutschland die Reaktionen auf die gestern vom französischen Hauptankläger im Nürnberger Prozeß, François de Menthon, geforderten Strafen für Kriegsverbrecher aus. Er verlangt für alle Nationalsozialisten, die Kriegsverbrechen begangen haben, die Todesstrafe. Der Prozeß wird am Anfang intensiv verfolgt, doch bald schon stehen die Alltagssorgen der Nachkriegszeit im Vordergrund.

Aus der Taufe gehoben wird acht Monate nach Kriegsende in Essen der Westdeutsche Fußballverband. Dem Verband gehören so prominente Vereine wie Schalke 04 und Borussia Dortmund an.

Wetter

Das Thermometer zeigt zwar noch häufig Werte unter dem Gefrierpunkt, mit durchschnittlich –0,8 °C und geringen Niederschlägen bleibt es im Januar 1946 aber freundlicher als im vergangenen Jahr.

Samstag 18. Januar

Politik

Den Aufruf der Kuomintang-Regierung zu Friedensgesprächen lehnen die Kommunisten, die mittlerweile Peking erobert haben, ab. Mao Tse-tung führt die Kommunisten 1949 zum Sieg und begründet die Volksrepublik China. Die Nationalisten von Chiang Kai-shek fliehen nach Formosa und gründen Taiwan.

Politik

Erschrocken sind Vertreter der US-Regierung über den Inhalt eines ihnen heute vorgelegten Berichts. Er enthält Detailinformationen über die Nachwirkungen der Atombombenabwürfe auf Hiroschima und Nagasaki. Rund 150 000 Japaner starben bei den ersten Kernwaffeneinsätzen der Geschichte im Sommer 1945. Die Ergebnisse der Untersuchungen und selbst Bilder von den Bomben bleiben noch Jahrzehnte unter Verschluß.

Wetter

Wer aufgrund der maßvollen Dezembertemperaturen einen milden Winter erwartet hatte, wird im Januar 1947 herb enttäuscht. Es herrscht bittere Kälte. Die Durchschnittstemperatur von –3,3 °C liegt weit unter dem langjährigen Mittelwert für den Monat (–0,4 °C).

1948

Sonntag 18. Januar

Gesellschaft

Die Ernährungslage in der deutschen Bizone – dem Zusammenschluß der amerikanischen und britischen Besatzungsgebiete – ist kritisch. Nach den heute ausbrechenden Hungerdemonstrationen und -streiks wälzen die alliierten Behörden die Schuld auf die deutschen Stellen ab. Die Lebensmittelrationen für Normalverbraucher liegen zwischen 1185 Kalorien in Schleswig-Holstein und 1400 Kalorien in Nürnberg. Schwerarbeiter erhalten allerdings 4000 Kalorien.

Stars der 40er Jahre

Humphrey Bogart
Filmschauspieler
John Wayne
Filmschauspieler
Katharine Hepburn
Filmschauspielerin
Hans Albers
Filmschauspieler
Joe Louis
Boxer

Politik

Ihre Konflikte um das Gebiet von Kaschmir wollen Indien und Pakistan auf friedlichem Wege austragen. Nach dieser Erklärung bricht der Vater der indischen Unabhängigkeit, Mahatma Gandhi, seinen Hungerstreik ab.

Wetter

Von seiner milderen Seite zeigt sich der Januar in diesem Jahr. Die Temperaturen, die bei durchschnittlich 2,7 °C liegen, lassen hier und da bereits Frühlingsahnungen aufkommen.

1949

Dienstag 18. Januar

Politik

Mann und Frau sollen künftig in allen Bereichen des wirtschaftlichen, politischen und gesellschaftlichen Lebens gleichberechtigt sein. Dies sieht jedenfalls Artikel 4 des Grundgesetzes vor, der heute vom Hauptausschuß des Parlamentarischen Rates akzeptiert wird. Am 23. Mai tritt das Grundgesetz in Kraft: Die Bundesrepublik ist gegründet.

Politik

Wirtschaftsverhandlungen zwischen Bulgarien, Ungarn, Polen, Rumänien, der ČSR und der UdSSR beginnen in Moskau. Ziel der Gespräche ist es, die wirtschaftliche Zusammenarbeit zwischen den osteuropäischen Volksdemokratien und der UdSSR zu vertiefen. Mit dem Rat für gegenseitige Wirtschaftshilfe soll eine Organisation zur gemeinsamen Förderung des wirtschaftlichen Aufbaus entstehen.

Wetter

Mit 1,6 °C zeigt sich der Januar 1949 zwar nicht so mild wie im Vorjahr, im langjährigen Vergleich (–0,4 °C) schneidet er aber gut ab.

Preise in den 40er Jahren

1 kg Butter	3,50
1 kg Mehl	0,45
1 kg Fleisch	1,60
1 l Vollmilch	0,26
1 Ei	0,12
10 kg Kartoffeln	1,00
1 kg Zucker	0,76
Stundenlohn	0,81

in RM, Stand 1943

1950–1959

Highlights des Jahrzehnts

1950

- Ausbruch des Koreakrieges
- Abschaffung der Lebensmittelmarken in Deutschland

1951

- Debatte um die Wiederaufrüstung Deutschlands
- Skandal um Hildegard Knef als »Sünderin«
- Erster Schritt zur europäischen Einigung: Montanunion perfekt
- Der persische Schah Mohammed Resa Pahlewi heiratet Soraya

1952

- Helgoland wieder unter deutscher Verwaltung
- Staatsstreich in Ägypten
- DDR riegelt Grenze ab
- Dwight D. Eisenhower wird zum 34. US-Präsidenten gewählt
- USA zünden Wasserstoffbombe
- In Deutschland bricht das Fernsehzeitalter an

1953

- Tod des sowjetischen Diktators Josef Stalin
- Volksaufstand in der DDR
- Elisabeth II. zur Königin von Großbritannien und Nordirland gekrönt
- Mount Everest: Höchster Berg der Welt bezwungen

1954

- Französische Niederlage in Vietnam
- Deutschland wird in Bern Fußballweltmeister
- Beginn des Algerienkrieges
- Mit »That's alright Mama« beginnt der Aufstieg von Elvis Presley

1955

- Die Bundesrepublik wird ein souveräner Staat
- Gründung des Warschauer Paktes
- Tragischer Tod von James Dean
- Erste »documenta«

1956

- Traumhochzeit von Grace Kelly und Rainier III. von Monaco
- Volksaufstand in Ungarn
- Suezkrise führt zu Nahostkrieg
- Musical »My Fair Lady« beginnt seinen Siegeszug um die Welt

1957

- Gründung der EWG
- »Sputnik-Schock« bildet Auftakt zu Wettlauf im All
- Heinz Rühmann als »Hauptmann von Köpenick« gefeiert
- Erste Massenimpfung gegen Kinderlähmung

1958

- De Gaulle und Adenauer begründen deutsch-französische Freundschaft
- Rock 'n' Roll-Fieber grassiert weltweit
- Pelé – Star der Fußballweltmeisterschaft in Schweden
- Atomium ist Wahrzeichen der Weltausstellung in Brüssel

1959

- Fidel Castro übernimmt die Macht in Kuba
- Hula-Hoop-Welle schwappt aus den USA nach Europa
- Premiere des Marilyn-Monroe-Films »Manche mögen's heiß«
- Erste Bilder von der Rückseite des Mondes

◀ **Mit 23 schon ein Hollywood-Superstar: Audrey Hepburn mit »Oscar« (1953)**

Mittwoch 18. Januar

Politik

Stürmisch begrüßt wird Bundespräsident Theodor Heuss bei seinem Antrittsbesuch in Schleswig-Holstein. In Flensburg sagt Heuss zu, daß der seit 1920 festgelegte Verlauf der deutsch-dänischen Grenze nicht angetastet werde.

Gesellschaft

In den Chefetagen des Nordwestdeutschen Rundfunks (NWDR) kriselt es. Auf einer Pressekonferenz in Bonn räumt der Verwaltungsratsvorsitzende Heinrich Raskop Fehler im Finanzgebahren des Senders ein. Außerdem ist der NWDR in letzter Zeit ins Gerede geraten, weil mehrere angesehene Journalisten den Sender verlassen hatten bzw. auf unwichtige Außenposten versetzt worden waren. Das seit 1945 existierende Rundfunkhaus übernimmt im Mai Werner Pleister.

Rekorde in den 50er Jahren

Kugelstoßen: Jim Fuchs (USA) – 17,95 m (1950)
10 000 m: Emil Zátopek (TCH) – 28:54,6 min (1954)
800 m: R. Moens (BEL) – 1:45,7 min (1955)
Eisschnellauf: Eugen Grischin (URS) – 1000 m in 1:22,8 min (1955)

Wetter

Extrem mildes Wetter hatte den Jahreswechsel eingeläutet. Doch im Januar kühlt es sich dann doch noch kräftig ab. Die Temperaturen sinken auf durchschnittlich –1,4 °C.

1951

Donnerstag 18. Januar

Kultur

Im Frankfurter Turmpalast wird der deutsche Spielfilm »Die Sünderin« uraufgeführt. Der Film löst einen gewaltigen Skandal aus. Vehement protestieren vor allem Kirchenvertreter gegen eine Szene, in der die Hauptdarstellerin, Hildegard Knef, nackt zu sehen ist. Anstoß erregt auch die Sterbe- und Selbstmordszene am Schluß des Films. Der Knef kann das nur recht sein: Der Skandal macht sie bekannt und füllt das Kino; jeder will die Szenen sehen.

Stars der 50er Jahre

Marilyn Monroe
Filmschauspielerin
James Dean
Filmschauspieler
Elvis Presley
Sänger
Sophia Loren
Filmschauspielerin
Brigitte Bardot
Filmschauspielerin

Gesellschaft

Die Gebiete rund um den Pazifik zählen zu den am häufigsten von Erdbeben und Vulkanausbrüchen heimgesuchten Räumen. Diesmal trifft es die Insel Neuguinea. Der Vulkan Mount Lamington bricht aus und bedeckt sein Vorland mit Ascheregen und Lavaströmen.

Wetter

Obwohl die Sonne seltener scheint als in den Vorjahren, steigen die Temperaturen auf durchschnittlich 0,9 °C. Damit ist der Januar recht mild.

Freitag 18. Januar

Politik

Viel vorgenommen hat sich der neue französische Ministerpräsident Edgar Faure. Der Radikalsozialist möchte Maßnahmen gegen die Inflation und die Einbindung der Bundesrepublik Deutschland in die entstehende europäische Gemeinschaft ergreifen. Des weiteren soll nach Faures Vorstellungen die Französische Union in Indochina erhalten bleiben. Dieser Plan klappt nicht, denn 1954 unterliegen die Franzosen in Vietnam den kommunistischen Freiheitskämpfern.

Gesellschaft

Den Gürtel enger schnallen müssen die Briten. Sie dürfen nur noch für umgerechnet 70 Pfennig statt wie zuvor für 85 Pfennig pro Woche Fleisch kaufen. Dies ordnet das britische Landwirtschaftsministerium an. Als Begründung werden die britische Sparpolitik sowie die gesunkenen Fleischlieferungen aus Argentinien, Australien und Uruguay genannt.

Wetter

Extrem trüb ist der Januar 1952. Gegen die anhaltenden Niederschläge hat die Sonne kaum eine Chance. Sie kommt nur für 35 Stunden zum Vorschein, dafür sind die Temperaturen (um 1,0 °C) aber immerhin erträglich .

1953

Sonntag 18. Januar

Gesellschaft

Vor allem im Ausland lösen die Ergebnisse einer von der US-amerikanischen Hohen Kommission in Deutschland veröffentlichten Meinungsumfrage Zorn und Entsetzen aus. Der Studie zufolge sind 44% der Deutschen noch immer der Meinung, die Ideen des Nationalsozialismus hätten mehr Vorteile als Nachteile gehabt. Selbst die Judenfeindlichkeit hat kaum nachgelassen. Auch in Deutschland löst die Untersuchung eine heftige Diskussion über die Gefahr eines Wiederaufflammens des Nationalsozialismus aus.

Sport

Ein schlimmer Unfall überschattet das Automobilrennen um den Großen Preis von Argentinien in Buenos Aires. Der Italiener Giuseppe Farina rast in die Zuschauermenge. Zehn Menschen sterben, Farina wird leicht verletzt.

Wetter

Häufige Niederschläge und Temperaturen um 0,5 °C bestimmen das Wetter im Januar 1953. Der langjährige Mittelwert liegt bei -0,4 °C.

Preise in den 50er Jahren

1 kg Butter	6,75
1 kg Mehl	0,76
1 kg Fleisch	5,01
1 l Vollmilch	0,40
1 Ei	0,23
10 kg Kartoffeln	2,14
1 kg Kaffee	21,40
Stundenlohn	1,96

in DM, Stand 1955

Montag 18. Januar

Gesellschaft

Wer mit seinem Auto liegenbleibt auf einer bundesdeutschen Autobahn, kann künftig auf schnelle Hilfe hoffen. Der Automobilklub von Deutschland (AvD) beginnt mit dem Einsatz sogenannter Verkehrshilfewagen, die täglich auf den Autobahnen patrouillieren. Kurze Zeit später nimmt auch ein Pannenhilfe-Fahrzeug des Allgemeinen Deutschen Automobilclubs (ADAC) seinen Dienst auf.

Politik

Nur kurze Zeit kann sich Robert Ernst, während der deutschen Besatzungszeit zwischen 1940 und 1944 Oberbürgermeister von Straßburg, an seiner Freiheit erfreuen. Nur vier Tage nach seiner Freilassung wird Ernst erneut verhaftet. 1955 kommt er endgültig frei, darf Frankreich aber 20 Jahre lang nicht betreten.

Stets korrekt und im Zweifelsfall eher weit geschnitten: Herrenmode in den 50ern

Wetter

Eisigkalt präsentiert sich der Januar in diesem Jahr. Das Thermometer sinkt auf frostige Minuswerte. Die Durchschnittstemperatur liegt bei gerade einmal –3,4 °C.

Dienstag 18. Januar

Politik

Der spanische Diktator Franco stellt der begeisterten Öffenlichkeit in Madrid Prinz Juan Carlos als seinen Nachfolger vor. Der Wechsel vollzieht sich erst 1975 und zur allgemeinen, nun noch größeren Freude, erweist sich der König als überzeugter Demokrat.

Für eine gute Figur auf der Tanzfläche: Kleid aus Chiné-Taft

Politik

Der Bürgerkrieg in Costa Rica hält die Welt in Atem. Der Regierungsarmee gelingt es, eine Invasion in Nicaragua ausgebildeter Rebellen zurückzuschlagen. Die Untergrundkämpfer haben am 10. Januar die Grenze überschritten. Ohne militärische Hilfe seitens der USA, Mexikos und Uruguays wären die regierungstreuen Truppen den Rebellen sehr wahrscheinlich unterlegen.

Wetter

Überwiegend im Plusbereich hält sich der Januar 1955 auf. Die Durchschnittstemperatur von 1,8 °C liegt weit über dem langjährigen monatlichen Mittel von –0,4 °C.

Mittwoch 18. Januar

Politik

Unter Hinweis auf die Wiederaufrüstungsaktivitäten in der Bundesrepublik Deutschland beschließt die Volkskammer der DDR den Aufbau einer »Nationalen Volksarmee«. Die Soldaten werden zum großen Teil aus der kasernierten Volkspolizei abgezogen – mit ihr wurde seit 1947 bereits eine Art Geheimarmee aufgebaut. Zum Verteidigungsminister wird Willi Stoph ernannt. Damit sind zehn Jahre nach Ende des Zweiten Weltkriegs die Deutschen wieder unter Waffen.

Gesellschaft

Einen großen Schlag gegen eine jugendliche Einbrecherbande kann die Kriminalpolizei in Essen landen. Nach mehrmonatiger Fahndung nimmt sie 14 Kinder fest. Die Bandenmitglieder, denen über 80 Einbrüche in Lebensmittel- und Sportläden zur Last gelegt werden, sind erst zwischen 9 und 14 Jahre alt. Deswegen kann gegen sie kein Verfahren eröffnet werden.

Wetter

Mäßig kühl ist der Januar in diesem Jahr. Die Temperaturen erreichen einen Durchschnittswert von 0,3 °C. Häufiger Sonnenschein sorgt für zahlreiche heitere Tage.

Freitag 18. Januar

Politik

Wenig Chancen auf eine Wiedervereinigung der beiden deutschen Staaten sieht der Vorsitzende der SPD, Erich Ollenhauer. Anläßlich einer Pressekonferenz in Bonn, auf der Ollenhauer das außenpolitische Programm seiner Partei erläutert, äußert der SPD-Chef die Ansicht, daß die Mitgliedschaft der Bundesrepublik Deutschland im westlichen Militärblock NATO die Wiedervereinigung blokkiere. Ein NATO-Austritt kommt jedoch auch für die SPD nicht mehr in Frage.

Gesellschaft

Weniger gearbeitet werden soll künftig in den Volkseigenen Betrieben der DDR. Die wöchentliche Arbeitszeit soll nur noch 45 Stunden betragen. Auch in einigen großen Werken der BRD beginnt 1957 die Arbeitszeitverkürzung.

Wetter

Keine Besonderheiten hat der Januar 1957 zu bieten. Die Durchschnittstemperatur liegt bei –0,6 °C, nur 0,2 °C unter dem langjährigen Mittelwert. Es ist relativ trocken.

Nicht 80 Tage wie Jules Verne, sondern nur noch knappe zwei Tage benötigen drei US-amerikanische Düsenjäger vom Typ B-52 für ihre Reise um den Erdball. Damit stellen sie einen neuen Rekord auf. Das Besondere an der Leistung der Flieger: Sie umrunden die Erde, ohne ein einziges Mal zwischenzulanden.

Samstag 18. Januar

Gesellschaft

Eine Belebung der deutschen Wirtschaft, vor allem aber kräftige Investitionen erhofft sich der Zentralbankrat der Deutschen Bundesbank von einer Senkung der Zinsen. Er kündigt an, den Diskontsatz von 4% auf 3,5% herabzusetzen. Entsprechend ist geplant, auch den Lombardsatz und den Zinssatz für Kassenkredite um einen halben Prozentpunkt abzusenken. Der Lombardsatz gilt im allgemeinen als Richtschnur für die Höhe der von deutschen Banken gewährten Zinsen. Er liegt in der Regel ein Prozent über dem Diskontsatz.

Kultur

Nur wenig Interesse erweckt der traditionelle Filmball in Westberlin bei den Damen und Herren vom Fach. Die Prominenz bleibt unverständlicherweise diesmal zu Hause. Die einzigen Stars, die gesichtet werden, sind Hildegard Knef und Willy Fritsch sowie der bekannte Regisseur Alfred Weidenmann. Auch Romy Schneider läßt sich nicht blicken, die 1958 »Mädchen in Uniform« dreht.

Wetter

Einen ganz gewöhnlichen Januar bringt das Jahr 1958. Die Temperatur entspricht mit einem Durchschnittswert von –0,4 °C dem langjährigen Mittel.

Sonntag 18. Januar

Politik

Überall auf der Welt formieren sich politische Gruppen, um gegen den Atomkrieg als Mittel politischer und militärischer Auseinandersetzungen anzugehen. Gestern ist in London ein Kongreß westeuropäischer Nationen zum Kampf gegen den Atomkrieg zu Ende gegangen. Die heutigen Sonntagsblätter in der britischen Hauptstadt kommentieren die Ergebnisse des Kongresses jedoch mit Skepsis. Sie zweifeln am Zustandekommen einer internationalen Überwachungsbehörde für die Atomwaffenbestände der Welt. Der Präsident der britischen Bewegung, der Mathematiker und Philosoph Bertrand Russell, hatte vehement die Einrichtung einer solchen Instanz gefordert.

Sport

Ganz Kitzbühel ist aus dem Häuschen. Der diesjährige Gesamtsieger des Internationalen Hahnenkamm-Skirennens, der 27jährige Andreas Molterer, ist ein Kitzbüheler.

Wetter

Nicht zu kühl und trocken ist der Januar diesmal. Es werden nur 27 mm Niederschläge gemessen. Der langjährige Mittelwert liegt bei 43 mm. Das Thermometer erreicht Werte um 0,5 °C.

1960-1969

Highlights des Jahrzehnts

1960

- Gründung der EFTA
- Frankreich wird 4. Atommacht
- John F. Kennedy wird 35. Präsident der USA
- Hochzeit des Jahres: Fabiola und König Baudouin von Belgien

1961

- Erster Mensch im Weltraum: der Russe Juri Gagarin
- Bau der Mauer in Berlin
- Gründung von Amnesty International

1962

- Flutkatastrophe an der Nordseeküste und in Hamburg
- Kuba-Krise: USA erzwingen Abbau sowjetischer Raketenbasen
- »Spiegel«-Affäre löst Regierungskrise aus
- Start der erfolgreichsten Serie der Kinogeschichte: James Bond

1963

- Deutsch-Französischer Freundschaftsvertrag
- US-Präsident Kennedy wird in Dallas erschossen
- Marika Kilius und Hans-Jürgen Bäumler werden Weltmeister im Eiskunstlaufen

1964

- Die USA greifen in den Vietnamkrieg ein
- Revolution in der Damenmode: der Minirock
- Der 22jährige Cassius Clay wird jüngster Boxweltmeister
- UdSSR: Breschnew neuer KP-Chef
- Erfolgreichste Pop-Gruppe der 60er: die Beatles
- Den Rolling Stones gelingt der internationale Durchbruch

1965

- Im Alter von 90 Jahren stirbt in London Winston Churchill
- Erste Fotos vom menschlichen Embryo im Mutterleib
- Ziehung der Lottozahlen erstmals im Fernsehen

1966

- Große Koalition aus CDU/CSU und SPD gebildet
- APO beginnt sich zu formieren

1967

- Sechs-Tage-Krieg in Nahost
- Erste Herztransplantation
- Bürgerkrieg in Biafra
- Kult-Musical »Hair« wird uraufgeführt

1968

- Ermordung des schwarzen Bürgerrechtlers Martin Luther King und des US-Präsidentschaftskandidaten Robert Kennedy
- »Prager Frühling« durch Einmarsch von Warschauer-Pakt-Truppen beendet
- Aufklärungswelle erreicht den Schulunterricht

1969

- Willy Brandt wird Kanzler einer sozialliberalen Koalition
- Der erste Mensch betritt den Mond
- »Sesamstraße« begeistert Millionen von Kindern
- Rockfestival in Woodstock

◀ **1969: Die ganze Welt wird vor dem Fernseher mondsüchtig**

Montag 18. Januar

Politik

Der kalte Krieg zwischen den USA und der Sowjetunion nähert sich seinem Höhepunkt. Abgelesen werden kann dies an den Ausgaben für die Landesverteidigung. Mit einem Anteil von 57% an den Gesamtausgaben fällt der Verteidigungsetat der Amerikaner in diesem Jahr außergewöhnlich hoch aus.

Preise in den 60er Jahren

1 kg Butter	7,58
1 kg Mehl	1,06
1 kg Fleisch	7,91
1 l Vollmilch	0,50
1 Ei	0,21
10 kg Kartoffeln	2,88
1 kg Kaffee	16,61
Stundenlohn	4,15

in DM, Stand 1964

Gesellschaft

Beunruhigt zeigt sich Nahum Goldmann, Präsident des Jüdischen Weltkongresses, über die jüngsten antisemitischen Ausschreitungen in der Bundesrepublik. Mögliche Maßnahmen gegen die Beschmierer von Synagogen, Friedhöfen und anderen jüdischen Einrichtungen diskutiert Goldmann auf einem Treffen in Bonn mit Bundeskanzler Konrad Adenauer.

Wetter

Vergleichsweise mild wie schon im Vorjahr präsentiert sich der Januar 1960. Bei 0,5 °C Durchschnittstemperatur bleibt es mit 37 mm trockener als im langjährigen Mittel (43 mm).

Mittwoch 18. Januar

Politik

Der Kongo liefert Lumumba, den ersten Ministerpräsidenten des Landes, an die abtrünnige Provinz Katanga aus. 1960 hat Lumumba das Land in die Unabhängigkeit von Belgien geführt. Wenig später hat sich Katanga abgespalten und Lumumba rief die UN-Truppen ins Land. Darauf setzte ihn Staatspräsident Joseph Kasavubu ab. Mit der heutigen Auslieferung wird Kasavubu einen Machtrivalen los und hofft, Katanga zu beschwichtigen. Lumumba kommt in dem Gefängnis ums Leben und gilt später als Nationalheld.

Gesellschaft

Arthur Michael Ramsey, ehemaliger Erzbischof von York, wird zum neuen Erzbischof von Canterbury und somit zum Oberhaupt der anglikanischen Kirche ernannt. Diese ist seit 1534 von Rom selbständig und der Erzbischof von Canterbury somit eine Art Papst. Grund für die Loslösung war übrigens, daß Rom eine Scheidung des damaligen Königs Heinrich VIII. nicht anerkannte.

Wetter

Frostig und sonnig verläuft der Januar 1961 – mit einer Durchschnittstemperatur von –0,6 °C und 56 Sonnenstunden.

Donnerstag 18. Januar

Gesellschaft

Nicht auf ihre Kosten kommen in diesem Jahr die Karnevalisten in Nordrhein-Westfalen. Nach Mönchengladbach und Münster sagt nun auch die Stadt Essen den Rosenmontagszug ab. Der Grund ist allerdings sehr ernst. Nach dem Mauerbau hat sich der Konflikt um Berlin verschärft. Unter den Linden in Ostberlin sind sowjetische Panzer aufgefahren, die allerdings am Abend wieder zurückgezogen werden. Trotzdem bleibt die Lage in der geteilten deutschen Hauptstadt angespannt.

Politik

Als Garant des Wachstums für die Wirtschaft Frankreichs gilt Valéry Giscard d'Estaing, der von Staatspräsident Charles de Gaulle zum Finanz- und Wirtschaftsminister ernannt wird. Auf die Geldentwertung reagiert er 1963 mit einem Preisstopp für Lebensmittel und Industriegüter.

Rekorde in den 60er Jahren

Stabhochsprung: Brian Sternberg (USA) – 5,00 m (1963)
Hochsprung: V. Brumel (URS) – 2,28 m (1963)
Weitsprung: Bob Beamon (USA) – 8,90 m (1968)
100 m: Jim Hines (USA) – 9,9 sec (1968)

Wetter

Schneereich beginnt das Jahr, mit einem Januar, der mehr Niederschläge (60 mm) und höhere Temperaturen (0,6 °C) als gewöhnlich aufweist.

Freitag 18. Januar

Politik

Eine handfeste Krise zeichnet sich in Nordafrika ab. Tunesien bricht seine diplomatischen Beziehungen zum Nachbarland Algerien ab, das erst 1962 unabhängig wurde. Der tunesische Präsident Habib Burgiba beschuldigt den algerischen Regierungschef Mohammed Ahmed Ben Bella, einen Attentatsversuch auf ihn unterstützt zu haben.

Politik

Schatten auf die Beziehungen zwischen Großbritannien und Frankreich werfen die in Brüssel seit Wochenbeginn stattfindenden Verhandlungen zwischen Großbritannien und der Europäischen Wirtschaftsgemeinschaft. Heute werden die Gespräche für zehn Tage unterbrochen. Aber auch nach dieser Pause wird keine Einigung erzielt. Letztlich scheitert der Beitritt Großbritanniens am Einspruch des französischen Staatschefs de Gaulle. Erst 1973 heißt es für Großbritannien: »Join the Common Market!«

Wetter

Mit Extremwerten wartet der Januar 1963 auf. Die frostigen Temperaturen schwanken um –7,6 °C, und die Niederschlagsmenge von 91 mm ist mehr als doppelt so groß wie im Durchschnitt zu erwarten.

Samstag 18. Januar

Politik

Fast unbemerkt von der Weltöffentlichkeit wird vor der Küste Ostafrikas eine neue Republik ausgerufen. Am 12. Januar ist der Sultan von Sansibar von aufständischen Revolutionären gestürzt worden. Die Rebellen proklamieren heute die Volksrepublik Sansibar. Im April schließen sie sich mit Tansania zusammen.

»Mini« heißt das Schlagwort der 60er – hier in Form eines Strickkleides

Technik

Die Zeiten, in denen das Empire State Building im New Yorker Stadtteil Manhattan als das uneingeschränkt höchste Gebäude der Welt galt, neigen sich dem Ende zu. Die New Yorker Behörden erteilen die Genehmigung für den Bau des World Trade Centers. Der zweitürmige Wolkenkratzer soll mit 110 Stockwerken das absolut höchste Gebäude der Welt werden.

Wetter

Ideale Skibedingungen sichert der Januar 1964 mit mildem Frost von –2,1 °C (langjähriger Mittelwert –0,4 °C), der die Niederschläge von 39 mm als Schnee niedergehen läßt.

Montag 18. Januar

Politik

Rücksichtslos aufgeklärt werden sollen alle NS-Verbrechen während des sogenannten Dritten Reiches. Einen Beitrag hierzu möchte die ČSSR leisten, die Bonn die Übermittlung aller ihr zur Verfügung stehenden Unterlagen zusagt. Wenig Verständnis hingegen bringt die tschechoslowakische Regierung für die Weigerung Bonns auf, in der ČSSR verurteilte Kriegsverbrecher auszuliefern.

Politik

Für große Beachtung sorgt eine Rede des Präsidenten des Deutschen Bundestages, Eugen Gerstenmaier. Er setzt sich für die Wiederherstellung des Deutschen Reiches unter geänderten Vorstellungen über Ziele und Aufgaben Deutschlands ein. Er kann es sich leisten, belastete Worte im Mund zu führen: Gerstenmaier gehörte im Nazireich dem Widerstand an.

Kurzer Mantel mit Schlaghose: Auch in die Männermode kommt Bewegung

Wetter

Zu warm, wenn es nach den Standardwerten geht, ist der Januar 1965. 2,1 Grad liegt die Durchschnittstemperatur über dem langjährigen Mittel.

Dienstag 18. Januar

Politik

Ein Signal gegen den Rassenhaß setzt die US-amerikanische Regierung. Sie teilt zum ersten Mal einem Farbigem, dem Wirtschaftswissenschaftler Robert C. Weaver, ein Ministeramt zu. Weaver übernimmt die Leitung des Ministeriums für Wohnungswesen und Stadtentwicklung. Die 60er Jahre bringen das Verschwinden der letzten diskriminierenden US-Gesetze – die gesellschaftliche Diskriminierung ist allerdings noch nicht zu Ende.

Gesellschaft

Große Kasse haben im vergangenen Jahr Bankräuber in Deutschland gemacht. Wie das Bundeskriminalamt heute bekanntgibt, haben sich 1965 in der Bundesrepublik 202 Banküberfälle ereignet. Dabei wurden insgesamt 2,14 Mio. DM erbeutet, rund 260 000 Mark mehr als im Vorjahr.

Stars der 60er Jahre

Die Beatles
Popgruppe
Sean Connery
Filmschauspieler
Pelé
Fußballspieler
Jean Paul Belmondo
Filmschauspieler
Dustin Hoffman
Filmschauspieler

Wetter

Kräftige Minuswerte bringt der Januar in diesem Jahr. Das Quecksilber sackt im Durchschnitt auf –2,9 °C ab (langjähriges Mittel –0,4 °C), dazu kommen heftige Schneefälle.

Mittwoch 18. Januar

Politik

Nicht aufgegeben – trotz Widerständen aus dem In- und Ausland – hat die britische Regierung ihre Pläne zum Beitritt in die Europäische Wirtschaftsgemeinschaft (EWG). Allerdings sind die britischen Politiker sich keinesfalls einig. Die Liberalen beispielsweise sprechen sich vehement für die wirtschaftliche Eigenständigkeit Großbritanniens aus. Um seinem Protest gegen die Regierungspläne Ausdruck zu verleihen, tritt der 53jährige Führer der liberalen Partei, Joe Grimond, heute sogar von seinem Amt zurück. Aber das ist ein vergebliches Opfer: 1973 tritt Großbritannien der EWG bei.

Gesellschaft

Einen völlig neuen Kosmetiktrend erwarten die Modefachleute für das kommende Jahr. In der Frauen- und Mode-Zeitschrift »Madame« ist dazu heute zu erfahren, daß kühle Farben auf Wangen und Mund und versilberte Lider dieses Jahr »in« sein werden. Der Glitterlook kommt.

Wetter

Wärmer und niederschlagsreicher als zu erwarten ist der Januar 1967. Die Durchschnittstemperatur liegt mit 0,6 °C um ein Grad, der Niederschlag mit 55 mm um 25 % über dem langjährigen Mittelwert.

Donnerstag 18. Januar

Politik

Gemeinsam wollen die Anrainerstaaten von Nord- und Ostsee künftig gegen Ölverschmutzungen vorgehen. Auf ihrer Tagung in Hamburg einigen sich die Vertreter der Seeverkehrsverwaltungen von Großbritannien, Norwegen, Schweden, Dänemark, den Niederlanden, Belgien, Frankreich und der Bundesrepublik Deutschland auf entsprechende Maßnahmen. Hintergrund der Unterredungen ist der Untergang des Öltankers »Torrey Canon« am 18. März 1967 im Ärmelkanal. Dabei sind etwa 100 000 Tonnen Erdöl aus dem leckgeschlagenen Rumpf des Schiffes ausgelaufen. Weite Abschnitte der südwalisischen Küste wurden verseucht.

Gesellschaft

Nur wenig Verständnis zeigt die Bremer Bevölkerung für die erneute Anhebung der Fahrpreise im öffentlichen Nahverkehr. Um ihrem Unmut Ausdruck zu verleihen, gehen 4000 Bremer auf die Straße. Die Polizei löst die Demonstration mit Gewalt auf.

Wetter

Angenehm frostig bei durchschnittlich –0,9 °C ist der Januar 1968. Die 72 Sonnenscheinstunden machen die Kälte erträglich.

Samstag 18. Januar

Politik

Zahlreiche Oppositionelle in der Tschechoslowakei, die zum reformerischen Teil der kommunistischen Partei zählen, verlieren ihre Posten, der Parteiapparat wird gesäubert. Im August 1968 haben Truppen des Warschauer Paktes den »Prager Frühling« mit Gewalt beendet. Alexander Dubček wollte einen »Sozialismus mit menschlichem Antlitz« schaffen. Die Wut in der Bevölkerung ist noch ungebrochen. Erst vor zwei Tagen hat sich der Student Jan Pallach auf dem Prager Wenzelsplatz aus Protest selbst verbrannt.

Vielleicht etwas Auflockerung in den sonst meistens steifen diplomatischen Kreisen erhofft sich das Auswärtige Amt in Bonn von der Ernennung einer Frau zur Botschafterin. Frau Ellinor von Puttkammer soll demnächst die Leitung der Deutschen Vertretung beim Europarat in Straßburg übernehmen.

Sport

Im Wintersportort Königssee findet eine Premiere statt. Dort wird anläßlich der Deutschen Meisterschaften im Rodeln die erste Kunsteisrodelbahn der Welt eingeweiht.

Wetter

Fast nach Norm verläuft der Januar in diesem Jahr. Mit –0,7 °C liegt die Temperatur knapp unter dem langjährigen Mittelwert (–0,4 °C).

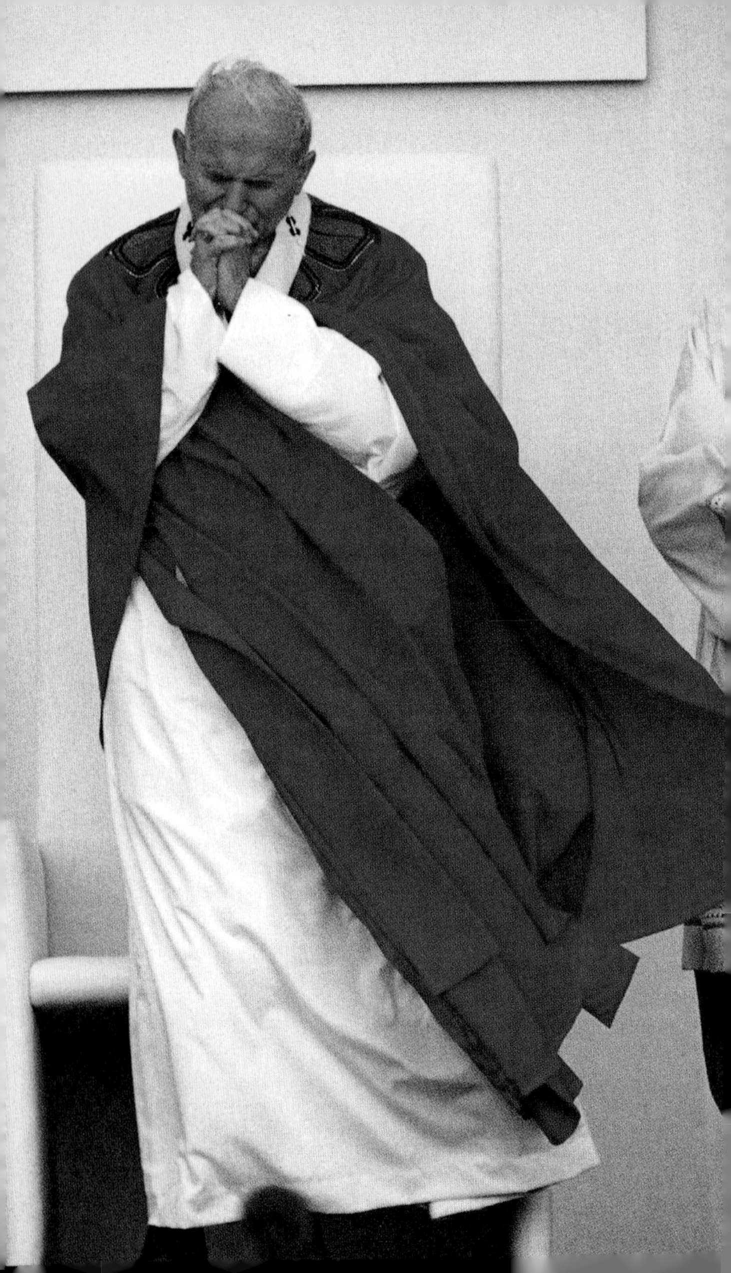

1970-1979

Highlights des Jahrzehnts

1970

- Neue deutsche Ostpolitik: Moskauer und Warschauer Vertrag
- Vietnamkrieg weitet sich auf Kambodscha aus
- Einstellung des Contergan-Prozesses

1971

- Einführung des Frauenwahlrechts in der Schweiz
- Friedensnobelpreis für Willy Brandt
- Hot pants – Modeschlager der Saison
- Kinohit »Love Story« rührt Millionen Zuschauer zu Tränen

1972

- Unterzeichnung des Rüstungskontrollabkommens SALT I
- Verhaftung von Baader-Meinhof-Terroristen
- Überfall palästinensischer Terroristen auf die israelische Mannschaft bei den Olympischen Spielen in München
- Unterzeichnung des Grundvertrages zwischen Bundesrepublik und DDR

1973

- Aufnahme beider deutscher Staaten in die UNO
- USA ziehen ihre Truppen aus Vietnam zurück
- Jom-Kippur-Krieg in Nahost
- Ölkrise: Sonntagsfahrverbot auf bundesdeutschen Straßen

1974

- Guillaume-Affäre stürzt Willy Brandt, neuer Bundeskanzler wird Helmut Schmidt
- Watergate-Affäre zwingt US-Präsident Nixon zum Rücktritt
- Deutschland wird Fußballweltmeister
- »Nelkenrevolution« in Portugal

1975

- Beginn des Bürgerkriegs im Libanon
- Unterzeichnung der KSZE-Schlußakte in Helsinki
- Spanien: Tod Francos und demokratische Reformen unter König Juan Carlos I.
- Einweihung des 3 km langen Elbtunnels in Hamburg
- Volljährigkeit von 21 auf 18 Jahre herabgesetzt

1976

- Umweltkatastrophe in Seveso
- Anschnallpflicht für Autofahrer
- Traumhochzeit des Jahres: Karl XVI. Gustav von Schweden heiratet die Deutsche Silvia Sommerlath

1977

- Entführung und Ermordung des Arbeitgeberpräsidenten Hanns Martin Schleyer
- Emanzipationswelle: Frauenzeitschrift »Emma« erscheint

1978

- Friedensverhandlungen zwischen Israel und Ägypten in Camp David
- In England kommt das erste Retortenbaby zur Welt

1979

- Überfall der Sowjetunion auf Afghanistan
- Schiitenführer Khomeini proklamiert im Iran die Islamische Republik
- Sandinistische Revolution beendet Somoza-Diktatur in Nicaragua

◀ **Reiselustig: Mit Johannes Paul II. wird 1978 erstmals ein Pole Papst**

Sonntag 18. Januar

Kultur

Überwiegend positive Kritiken erhält der deutsche Spielfilm »Liebe ist kälter als der Tod«. In dem vor zwei Tagen uraufgeführten Streifen, in dem Rainer Werner Fassbinder Regie geführt hat, sind Ulli Lommel und Hanna Schygulla in den Hauptrollen zu sehen.

Gesellschaft

Die Wartezimmer der Arztpraxen in Niederösterreich sind überfüllt. Immer deutlicher wird das Ausmaß einer Grippewelle, die in dem österreichischen Bundesland grassiert. Wie in Wien heute bekanntgegeben wird, sind auch einige Todesopfer zu beklagen.

Kultur

Im Theater am Goetheplatz in Bremen wird ein bemerkenswertes Ballett aufgeführt. Der Titel der Musik-Collage von Marianne Eichholz und Dieter Behne lautet »Kriegsanleitung für Jedermann«.

Wetter

Arg kalt mit Temperaturen um –4,4 °C beginnt das neue Jahr 1970. Die 46 mm Niederschlag fallen überwiegend als Schnee.

Montag 18. Januar

Politik

Am Grab von Otto von Bismarck in Friedrichsruh bei Hamburg legen bundesdeutsche Politiker Kränze nieder. 100 Jahre wäre das Deutsche Reich unter günstigeren historischen Bedingungen heute alt geworden. Trotz der belasteten Vergangenheit wird dieser Tag an vielen Orten in der Bundesrepublik feierlich begangen.

Sie werden zum Renner der kommenden Jahre. Bei den Frühjahrsmodeschauen in Rom werden heute die sog. Hot Pants, ziemlich kurze Hosen für Frauen, vorgestellt. Sie sorgen für einige Aufregung.

Politik

Eine politisch und wirtschaftlich unruhige Zeit bricht über Polen herein. In der polnischen Hafenstadt Danzig tritt die Belegschaft der Leninwerft in einen unbefristeten Streik. Die Arbeitsniederlegung zeigt Wirkung. In der Folge erzwingen die polnischen Arbeiter den Rücktritt des seit 1956 amtierenden Partei- und Staatschefs Gomulka. An der Leninwerft entsteht 1980 die Gewerkschaft »Solidarność« unter Lech Walesa.

Wetter

Schnee und Eis bringt der Januar 1971, obwohl die Wolken weniger ergiebig sind (35 mm) als gewöhnlich. Ein Grad unter dem Gefrierpunkt liegt die Durchschnittstemperatur.

Dienstag 18. Januar

Politik

Beim traditionellen Neujahrsempfang für das Diplomatische Korps in der Bonner Beethovenhalle begrüßt in diesem Jahr Bundespräsident Gustav Heinemann die ausländischen Diplomanten. Er betont das Streben der Bundesrepublik nach Versöhnung und Ausgleich mit allen Nachbarn. Gleichzeitig macht Heinemann deutlich, daß die Bundesrepublik nicht das Ziel der Wiedervereinigung aus dem Blick verlieren werde.

Gesellschaft

Ein massives Polizeiaufgebot ist vor dem Oberlandesgericht in Düsseldorf aufgefahren. Dadurch sollen befürchtete Anschläge aus der linksradikalen Terroristenszene ausgeschlossen werden. In Düsseldorf beginnt heute der Prozeß gegen einen früheren Angehörigen der Baader-Meinhof-Gruppe. Noch 1972 werden die Köpfe der Gruppe – Baader, Raspe, Meins, Meinhof und Ensslin – verhaftet.

Wetter

Trockene Kälte bringt der Jahresanfang 1972. Mit –3,3 °C liegt die Durchschnittstemperatur um fast drei Kältegrade unter »normal«. Die Niederschläge bleiben mit 26 mm ebenfalls deutlich unter dem langjährigen Mittel von 43 mm.

Donnerstag 18. Januar

Politik

Der Grundlagenvertrag macht's möglich: Uganda, Costa Rica, Afghanistan, Finnland, Norwegen, Dänemark, Island, Italien und Spanien wollen diplomatische Beziehungen zur DDR aufnehmen. Mit dem Grundlagenvertrag von 1972 haben sich BRD und DDR gegenseitig anerkannt. Die BRD hat bis dahin zu jedem Staat die Beziehungen abgebrochen, der die DDR anerkannt hat. Der sozialliberale Kanzler Willy Brandt hat diesen Kurswechsel ermöglicht.

Gesellschaft

Eine hohe Auszeichnung für gutes Fernsehen ist die »Goldene Kamera«, die von der Programmzeitschrift »Hör zu« verliehen wird. Ausgezeichnet wird heute Horst Seifert für seine Arbeit als Chef des Weltprogramms im Deutschen Olympiazentrum. Für die Vorschulserie »Das feuerrote Spielmobil« erhält Harald Hohenacker einen Preis.

Wetter

Der Januar 1973 tritt sehr gemäßigt auf. Mit 28 mm Regen und Schnee fallen nur etwa 40 % der für den Monat zu erwartenden Niederschläge. Die Durchschnittstemperatur liegt mit 0,3 °C um 0,7 Grad über der Standardmarke für den Januar.

Freitag 18. Januar

Politik

Die Wahrnehmung von Umweltproblemen in der Bundesrepublik nimmt zu. Die Regierung erläßt erste Gesetze zum Schutz der Umwelt. Der Bundestag verabschiedet heute ein Immissionsschutzgesetz. Danach müssen Produktionsanlagen so betrieben werden, daß die Bevölkerung nicht durch Lärm belästigt wird.

Politik

Langfristig sollen Nord- und Südkorea wieder vereinigt werden. Dies ist jedenfalls die Meinung des südkoreanischen Präsidenten Park Chung Hee, der dem kommunistischen Nordkorea einen Nichtangriffspakt anbietet. Seit 1945 ist das Land geteilt.

Gesellschaft

Nichtraucher in den USA sollen besser geschützt werden. Dies sieht eine von der US-Antiraucher-Organisation verfaßte »Bill of Rights« vor. Passivrauchen ist als Gefahrenquelle erkannt worden.

Wetter

Zu warm und zu feucht ist es. Bei Temperaturen von 3,5 °C fallen mit 53 mm auch 20% mehr Niederschlag als gewöhnlich.

Samstag 18. Januar

Politik

Um normale Beziehungen zum kommunistischen Kuba bemüht ist die Bundesrepublik Deutschland. Vor zwölf Jahren sind als Folge der Kubakrise die offiziellen Beziehungen abgebrochen worden. Heute werden die diplomatischen Kontakte zwischen Bonn und Havanna wiederaufgenommen. Fidel Castro, der seit 1959 auf Kuba herrscht, sucht Wirtschaftskontakte, weil er von den USA total boykottiert wird.

Kultur

Der führende Komponist im Nachkriegsdeutschland, Giselher Klebe, kommt in Zürich mit einer neuen Oper auf die Bühne. »Ein wahrer Held« basiert auf der Vorlage der Komödie »The Playboy of the Western World« des irischen Schriftstellers John Millington Synge.

Rekorde in den 70er Jahren

100 m: Marlies Göhr (GDR) – 10,88 sec (1977)
Hochsprung: Rosemarie Ackermann (GDR) – 2,00 m (1977)
Weitsprung: Vilma Bardauskiene (URS) – 7,09 m (1978)
800 m: S. Coe (GBR) – 1:42,4 min (1979)

Wetter

Sonne und hohe Temperaturen lassen im Januar 1975 keine Wintergefühle aufkommen. 76 Sonnenstunden und 5,0 °C Monatsdurchschnitt liegen weit über den langjährigen Mittelwerten (51 Stunden und –0,4 °C).

Sonntag 18. Januar

Gesellschaft

Gegen den organisierten Terror kann die italienische Polizei einen Schlag landen. In Mailand nimmt sie den Anführer der linksextremen Terrororganisation »Rote Brigaden«, Renato Curcio, fest. Curcio werden drei Morde und mehrere Entführungen zur Last gelegt.

Kultur

Einen neuen Besucherrekord verzeichnet die seit zwei Tagen in München gastierende Ausstellung »Nofretete – Echnaton«, in deren Mittelpunkt die ägyptische Königin Nofretete steht. Als wertvollstes Ausstellungsstück gilt eine farbig bemalte Kalksteinbüste, die auf das Jahr 1360 v. Chr. datiert ist. Die Kunst der Pharaonenzeit Echnatons ist immer wieder frappierend: Sie ähnelt in vielem dem modernen Expressionismus des 20. Jahrhunderts.

Ausgestellte Hosen und viel Schmuck trägt die moderne Frau in den 70er Jahren

Wetter

Rekordniederschläge bietet der Januar in diesem Jahr. 96 mm – mehr als doppelt soviel wie im langjährigen Mittel (43 mm) – werden registriert.

Dienstag 18. Januar

Politik

Voll im Zeitgeschmack: Der Midimantel mit aufgesetzten Taschen für kalte Winter

Die Rentner in Deutschland atmen auf. Ihre Bezüge scheinen wieder sicher zu sein. Dies jedenfalls geht aus einem heute verabschiedeten Konzept der sozialliberalen Bonner Koalition zur Rentensanierung hervor. Der Einigung sind langanhaltende Debatten vorausgegangen. Die Neuordnung ist notwendig geworden, weil Ende 1976 die Grenze der Belastbarkeit der Rentenversicherung erreicht war. Das Gesetz zur Sanierung der Rentenversicherung und zur Kostendämpfung im Gesundheitswesen soll am 1. Juli in Kraft treten. Die Rentenversicherung soll durch Kürzung der Zuschüsse für die Krankenversicherung entlastet werden. Die daraus resultierende Mehrbelastung der Krankenversicherung soll durch staatlich festgesetzte Höchstgrenzen für Arzthonorare und Arzneimittelpreise aufgefangen werden.

Wetter

Recht unspektakulär präsentiert sich der Januar 1977. Mit durchschnittlich 0,7 °C ist es wärmer als normal (–0,4 °C) und es fällt auch etwas weniger Niederschlag als gewöhnlich (37 statt 43 mm).

Mittwoch 18. Januar

Politik

Noch einmal sieht es schlecht aus in den Verhandlungen zwischen Ägypten und Israel um einen Frieden. Die Ägypter verlassen heute den Verhandlungstisch. Dennoch bleibt Staatschef Sadat entschlossen, den seit 1948 andauernden Kriegszustand endlich zu beenden. Im September hat US-Präsident Jimmy Carter das Wunder vollbracht: In Camp David liegen sich Sadat und Israels Regierungschef Begin in den Armen. Im März 1979 ist der Frieden unterzeichnet. Das wichtigste arabische Land hat die Anti-Israel-Koalition verlassen.

Preise in den 70er Jahren

1 kg Butter	8,36
1 kg Mehl	1,16
1 kg Fleisch	10,15
1 l Vollmilch	1,06
1 Ei	0,22
10 kg Kartoffeln	6,44
1 kg Zucker	1,65
Stundenlohn	10,40

in DM, Stand 1975

Kultur

Um eine Attraktion ärmer wird New York. Dort schließt die Radio City Music Hall, das größte Kino der Welt. Hohe Verluste haben dem weltbekannten Heiligtum des Kinos den Garaus gemacht.

Wetter

Der Winter 1977/78 bleibt auch im Januar aus. Mit durchschnittlich 1,5 °C ist es um fast zwei Grad wärmer als im langjährigen Mittel.

Donnerstag 18. Januar

Politik

Vier Tage vor Beginn der Ausstrahlung der US-Fernsehserie »Holocaust« treiben Neonazis in der BRD ihr Unwesen. Sie verüben Sprengstoffanschläge auf Sendeeinrichtungen des Südwestfunks bei Koblenz und der Bundespost in der Nähe von Coesfeld. Die vierteilige Serie »Holocaust« schildert am Beispiel einer jüdischen Familie die Verfolgung und Ermordung der Juden in Deutschland zur Zeit des Nationalsozialismus. Etwa ein Drittel aller Fernsehgeräte sind während der Ausstrahlung der über die dritten Programme gesendeten Serie in Deutschland eingeschaltet. Um Mitternacht schließt sich jeweils eine Studiodiskussion zur Nazizeit an, die immerhin 10 Millionen Menschen sehen. 30 000 von ihnen greifen zum Telefon, um an den Gesprächen aktiv teilzunehmen.

Wetter

Nach einem milden Dezember wird es zum Jahresanfang 1979 sehr frostig. Mit –3,8 °C liegt die Durchschnittstemperatur um 3,4 Grad niedriger als im langjährigen Mittel. Die Kälte ist unangenehm, da es bei nur 35 Sonnenscheinstunden meist hochneblig-trüb ist.

Stars der 70er Jahre

Robert de Niro
Filmschauspieler
Jane Fonda
Filmschauspielerin
Woody Allen
Filmregisseur
Steven Spielberg
Filmregisseur
Muhammad Ali
Boxer

1980–1989

Highlights des Jahrzehnts

1980

- Golfkrieg zwischen Iran und Irak
- Gründung einer neuen Bundespartei: »Die Grünen«
- Bildung der polnischen Gewerkschaft »Solidarność«

1981

- Attentate auf US-Präsident Ronald Reagan, den Papst und Ägyptens Staatschef Anwar As Sadat
- Erster Start der wiederverwendbaren Raumfähre »Columbia«
- In den USA werden die ersten Fälle von AIDS bekannt
- Hochzeit des Jahres: Der britische Thronfolger Charles, Prince of Wales, heiratet Lady Diana

1982

- Krieg um die Falkland-Inseln
- Sozialliberale Koalition bricht auseinander; Helmut Kohl wird neuer Bundeskanzler
- Selbstjustiz vor Gericht: der »Fall Bachmeier«
- »E. T. – der Außerirdische« wird zum Kinohit

1983

- US-Invasion auf Grenada
- Skandal um gefälschte Hitler-Tagebücher
- Aerobic wird in der Bundesrepublik populär

1984

- Richard von Weizsäcker wird Bundespräsident
- Ermordung von Indiens Ministerpräsidentin Indira Gandhi, Nachfolger wird ihr Sohn Rajiv Gandhi

1985

- Michail Gorbatschow wird neuer Kremlchef
- Sensation: Boris Becker siegt als erster Deutscher in Wimbledon
- »Live-Aid-Concert« für Afrika

1986

- Attentat auf Schwedens Ministerpräsident Olof Palme
- Katastrophe im Kernkraftwerk Tschernobyl
- Explosion der US-Raumfähre »Challenger«
- Premiere des Musicals »Cats« in Hamburg

1987

- Widerstand gegen Volkszählung
- Barschel-Affäre in Kiel
- Matthias Rust landet mit einem Sportflugzeug auf dem Roten Platz in Moskau

1988

- Atommüllskandal in Hessen
- Ende des Golfkriegs
- Geiseldrama von Gladbeck als Medienspektakel
- Dopingskandal überschattet Olympische Spiele in Seoul
- Reagan und Gorbatschow vereinbaren Verschrottung atomarer Mittelstreckenraketen

1989

- Die DDR öffnet ihre Grenzen
- Blutbad auf dem Platz des Himmlischen Friedens in Peking
- Demokratisierungskurs im gesamten Ostblock
- »Exxon Valdez«: Ölpest vor Alaska

◀ **Jüngster Wimbledon-Sieger aller Zeiten: Der 17jährige Boris Becker 1985**

Freitag 18. Januar

Politik

Enttarnt werden in Tokio mehrere hochrangige Offiziere. Sie sollen als Agenten für die Sowjetunion gearbeitet haben. Damit wird in Japan der größte Spionagefall der Nachkriegszeit aufgedeckt.

Gesellschaft

Glück im Unglück hat die schwedische Stadt Göteborg. Im dichten Nebel rammt ein liberianischer Supertanker den Pfeiler einer Brücke, die das Festland mit einer nördlich der Stadt gelegenen Insel verbindet. Die Brücke stürzt ein, der Tanker wird jedoch nur gering beschädigt, so daß die schwedische Ostküste von einer Ölpest verschont bleibt. Der Unglücksfall heizt die Diskussion um die Billigflaggenländer – wie Liberia – an. Ihre Schiffe entsprechen nicht den Sicherheitsstandards.

Auffällig unauffällig: So stellt sich die lässige Frau der 80er ihre Mode zusammen

Wetter

Trocken und kalt ist der Januar 1980. Mit –3,5 °C liegt die Durchschnittstemperatur mehr als drei Grad unter dem langjährigen Mittel. Kaum die Hälfte des für Januar zu erwartenden Niederschlags fällt.

Sonntag 18. Januar

Kultur

Ein Meisterwerk des deutschen Films kommt mit »Lili Marleen« von Rainer Werner Fassbinder in die Kinos. In der Hauptrolle ist Hanna Schygulla zu sehen. Sie spielt Lale Andersen, die Interpretin von »Lili Marleen«, dem wohl bekanntesten Musikstück des Zweiten Weltkrieges.

Leger und bequem: Herrenmode im Oversize-Stil mit Jackenmantel

Sport

Ein spannendes Tennis-Match erleben 20 000 Zuschauer im New Yorker Madison Square Garden. Dort treffen im Finale des Masters-Turniers der Schwede Björn Borg und der aus der ČSSR stammende Ivan Lendl aufeinander. Trotz heftiger Gegenwehr unterliegt der hagere Tscheche dem blonden Schweden. Borg gewinnt das Endspiel mit 6:4, 6:4 und 6:2. Lendls Zeit kommt noch: Ab 1984 ist er für lange Zeit der erfolgreichste Tennisspieler.

Wetter

Mittelmäßige Wetterbedingungen herrschen im Januar 1981. Nur die Sonne fällt aus der Reihe; sie scheint mit 43 Stunden seltener als üblich.

Montag 18. Januar

Gesellschaft

Wie gefährdet Atomreaktoren sein können, zeigt ein Anschlag auf den im Rhônetal gelegenen Reaktor »Superphoenix«. Die Anlage wird durch Raketenwerfer getroffen, zum Glück aber nur leicht beschädigt. Zudem befindet sich in der Anlage, in der ein Brutreaktor installiert werden soll, noch kein radioaktives Material. Zu dem spektakulären Anschlag bekennt sich ein »Komitee für Pazifismus und Ökologie«.

Gesellschaft

Offensichtlich sind persönliche Daten nicht so gut geschützt, wie die Bürger der Bundesrepublik dies geglaubt haben. Dies legt jedenfalls der heute vorgestellte Jahresbericht des Bundesdatenschutzbeauftragten Hans-Peter Bull nahe, der vor allem auf Verstöße der Sicherheitsbehörden gegen das Datenschutzrecht hinweist. Dabei steht die digitale Revolution der Industriegesellschaften erst am Anfang.

Wetter

Bereits tiefer Winter herrscht im Januar 1982. Es ist mit Temperaturen um –2,4 °C zwei Grad kälter als im langjährigen Mittel. Dafür zeigt sich die Sonne mit 61 Stunden etwas häufiger, als in diesem Monat zu erwarten ist.

Dienstag 18. Januar

Kultur

Eine große Schar von Gratulanten empfängt anläßlich seines 70. Geburtstags der russisch-amerikanische Schauspieler Danny Kaye. Seine größten Erfolge hatte Kaye in tragikomischen Rollen. Zu seinen bekanntesten Filmen zählen »Das Doppelleben des Herrn Mitty«, »Der Hofnarr« und »König der Spaßmacher«.

Politik

Der wirtschaftlichen Bedeutung der Schweiz wird auf einer Tagung der Finanzminister der Gruppe der zehn wichtigsten Industrieländer Rechnung getragen. Sie stimmen in Paris der Aufnahme der Schweiz in ihren erlesenen Kreis zu. Die Schweiz selbst – immer auf Isolation bedacht – wollte der Organisation bisher nicht angehören.

Rekorde in den 80er Jahren

1500 m: S. Aouita (MAR) – 3:29,46 min (1985)
Stabhochsprung: Sergej Bubka (URS) – 6,00 m (1985)
100 m: Florence Griffith (USA) – 10,49 sec (1988)
Hochsprung: Javier Sotomayor (CUB) – 2,44 m (1989)

Wetter

Naß und bei weitem zu warm ist der Jahreseinstieg 1983. Mit 80 mm fällt fast doppelt soviel Niederschlag wie gewöhnlich, und die Berechnung der Durchschnittstemperatur ergibt 4,8 °C – das sind 5,2 Grad mehr als der Standard.

1984

Mittwoch 18. Januar

Politik

Für erhebliche Unruhe in Mittel- und Westeuropa sorgt eine Mitteilung der sowjetischen Nachrichtenagentur TASS. Dort heißt es, daß die Streitkräfte der UdSSR vor kurzem mit der Aufstellung neuer Nuklearraketen in der DDR begonnen hätten. In Ost und West werden zur Zeit neue Mittelstreckenwaffen in Dienst gestellt. Das Klima ist eisig.

Politik

Fast völlig zum Erliegen kommt das öffentliche Leben in Montevideo, der Hauptstadt Uruguays, aufgrund eines Generalstreiks. Neben Lohnerhöhungen fordern die Arbeiter eine Generalamnestie für politische Gefangene sowie größere politische Freiheiten. Es ist eine Zeit des Umbruchs. Die seit 1976 herrschenden Militärs geben die Macht 1985 ab.

Preise in den 80er Jahren

1 kg Butter	9,44
1 kg Mehl	1,36
1 kg Fleisch	11,83
1 l Vollmilch	1,22
1 Ei	0,26
10 kg Kartoffeln	8,84
1 kg Zucker	1,94
Stundenlohn	17,23

in DM, Stand 1985

Wetter

Wolkenverhangen und regnerisch ist der Januar in diesem Jahr. Es fallen mit 73 mm Niederschlag 30 mm mehr als im langjährigen Mittel, und die Sonne kommt nur für 37 Stunden (statt 56) hervor.

Freitag 18. Januar

Gesellschaft

Zum ersten Mal in der Geschichte der Bundesrepublik Deutschland wird Smogalarm der Stufe III ausgelöst. Dies bedeutet ein Fahrverbot für private Kraftfahrzeuge und eine Drosselung von industriellen Produktionsanlagen. Von der hohen Schadstoffkonzentration, die zur Auslösung des Smogalarms geführt hat, sind besonders die Emscherstädte im Ruhrgebiet betroffen. Der Smogalarm initiiert eine breite Diskussion über die unterschiedliche Gesetzgebung in den Bundesländern.

Politik

Ein Spionagering wird in höchsten Kreisen der indischen Regierung aufgedeckt. Ministerpräsident Rajiv Gandhi gibt in Delhi die Enttarnung von elf Spitzenfunktionären bekannt. Ihnen wird zur Last gelegt, den US-amerikanischen Geheimdienst CIA jahrelang mit wichtigen Informationen versorgt zu haben. Indien gehört zu den »blockfreien Ländern« und ist ein wahrer Tummelplatz für Spione.

Wetter

Eisige Kälte herrscht im ersten Monat des Jahres 1985. Fast fünf Grad unter das langjährige Mittel (–0,4 °C) sackt das Quecksilber im Durchschnitt. Hochnebel läßt nur 45 Sonnenstunden zu.

Samstag 18. Januar

Technik

Schlechtes Wetter über Cape Canaveral hat zur Folge, daß heute, zwei Tage später als geplant, die US-amerikanische Raumfähre »Columbia« auf dem kalifornischen Luftwaffenstützpunkt Edwards landet. Der Shuttle war am 12. Januar zu seiner Mission im All aufgebrochen. Es ist der letzte Shuttleflug vor der schrecklichsten Katastrophe der amerikanischen Raumfahrt: Am 28. Januar explodiert die Raumfähre »Challenger« mit sieben Menschen an Bord.

Stars der 80er Jahre

Richard Gere
Filmschauspieler
Madonna
Sängerin
Harrison Ford
Filmschauspieler
Jodie Foster
Filmschauspielerin
Michael Jackson
Sänger

Technik

Jede Hilfe kommt für 94 Touristen zu spät, die mit einer Verkehrsmaschine über Guatemala abstürzen. Die Maschine verunglückt in unwegsamem Gelände. Daher können die Rettungstrupps nicht rasch genug an den Ort des Unfalls herankommen und löschen.

Wetter

Mild, aber naß präsentiert sich der Jahresbeginn 1986. Die Durchschnittstemperatur liegt knapp über dem Gefrierpunkt (0,4 °C).

Sonntag 18. Januar

Gesellschaft

In vielen Städten Großbritanniens finden Feiern zu Ehren von Robert Falcon Scott statt. Scott hat auf den Tag genau vor 75 Jahren als zweiter Mensch nach Roald Amundsen den Südpol erreicht. Der Rückweg jedoch wurde für den Polarforscher und seine vier Begleiter zur Tragödie. Sie sind in der antarktischen Eiswüste verschollen geblieben. Die Gründe für das Scheitern der Expedition wurden nicht geklärt. Experten hielten Scotts Entscheidung, Ponys als Zugtiere einzusetzen, für falsch. Die Tiere gingen an der Kälte zugrunde.

Gesellschaft

Künftig enger zusammenarbeiten wollen die beiden bundesdeutschen Fernsehanstalten ARD und ZDF mit dem Fernsehen der DDR. Die Verantwortlichen von ARD und ZDF einigen sich mit ihren ostdeutschen Kollegen auf den gegenseitigen Kauf von Fernsehfilmen.

Wetter

Kalt ist es im Januar 1987. Das Thermometer fällt im Monatsschnitt auf –6,9 °C (langjähriges Mittel –0,4 °C). Die Wolken sind mit 73 mm Niederschlag wesentlich ergiebiger als in diesem Monat zu erwarten wäre (43 mm).

Montag 18. Januar

Politik

Nur knapp an einem Bürgerkrieg und Umsturz vorbei kommt Argentinien. Regierungstruppen können in letzter Minute einen Militärputsch in dem südamerikanischen Staat niederschlagen. Die Militärs haben in Argentinien erst 1983 die Macht wieder abgegeben. Präsident Alfonsín hat alle Mühe, die Streitkräfte ruhig zu halten, da ihren Chefs Prozesse wegen Folter und Mord drohen.

Politik

Ein Traum geht heute für den sowjetischen Bürgerrechtler Josef Begun in Erfüllung. Zusammen mit seinen Angehörigen darf Begun die UdSSR verlassen. Bereits vor 17 Jahren hat Begun seinen ersten Ausreiseantrag gestellt. Daraufhin wurde er von den sowjetischen Behörden festgenommen. Jahrelang blieb Begun inhaftiert. Die Reformpolitik von Michail Gorbatschow, seit 1985 im Amt, erlaubt Oppositionellen die Ausreise oder ein Leben in Freiheit innerhalb der UdSSR.

Wetter

Zu warm präsentiert sich der Januar in diesem Jahr. Nach der Kälte des Vorjahres fällt nun bei einer Durchschnittstemperatur von 3,6 °C (vier Grad zu warm) der Niederschlag als Regen.

Mittwoch 18. Januar

Politik

Mit den Studienbedingungen an deutschen Hochschulen sind die Studierenden längst nicht mehr zufrieden. In mehreren Städten finden heute Demonstrationen gegen die Bildungspolitik statt, für die Bundesbildungsminister Jürgen Möllemann (FDP) verantwortlich zeichnet. Der Protest zeigt Wirkung. Möllemann kündigt eine Aufstockung der Mittel für die Universitäten an. Dennoch bleibt alles Flickschusterei: Die Unis sind mit ungefähr 200% überbelegt.

Als einer der größten Schreihälse erweist sich Donald H. Burns von den Bermudas. Bei Aufnahmen zu einem TV-Film im New Yorker Liberty State Park brüllt er in einer Lautstärke von 119 Dezibel.

Sport

Einer der ganz Großen des deutschen Sports nimmt heute Abschied von seinen Fans. Beim Stuttgarter Sechstagerennen steigt der Frankfurter Radrennfahrer Dietrich »Didi« Thurau zum letzten Mal in den Sattel.

Wetter

Einen Hauch von Frühling bringt der Jahresanfang 1989. Bei 68 Sonnenstunden klettert das Quecksilber bis zu einem Durchschnittswert von 3,4 °C – vier Grad über den langjährigen Mittelwert. Dabei ist es mit nur 13 mm Regen auch sehr trocken.

INAUGURATION OF

1990-1996

Highlights des Jahrzehnts

1990

- Wiedervereinigung Deutschlands
- Südafrika: Nelson Mandela nach 27jähriger Haft freigelassen
- Irakische Truppen überfallen das Emirat Kuwait
- Gewerkschaftsführer Lech Walesa neuer polnischer Präsident
- Litauen erklärt Unabhängigkeit
- Deutsche Fußballnationalelf zum dritten Mal Weltmeister
- Star-Tenöre Carreras, Domingo und Pavarotti treten gemeinsam auf

1991

- Alliierte befreien Kuwait und beenden Golfkrieg
- Auflösung des Warschauer Pakts
- Bürgerkrieg in Jugoslawien
- Auflösung der Sowjetunion – Gründung der GUS
- Sensationeller archäologischer Fund: »Ötzi«
- Vertrag von Maastricht
- Sieben Oscars für Kevin Costners »Der mit dem Wolf tanzt«
- Bürgerkrieg in Somalia
- Frieden im Libanon

1992

- Abschaffung der Apartheid-Politik in Südafrika
- Entsendung von UNO-Blauhelmsoldaten nach Jugoslawien
- Tod des ehemaligen Bundeskanzlers Willy Brandt
- Bill Clinton zum 42. US-Präsidenten gewählt
- In Hamburg wird mit Maria Jepsen zum ersten Mal eine Frau Bischöfin
- Fertigstellung des Rhein-Main-Donau-Kanals

1993

- Teilung der ČSFR in die Tschechische und die Slowakische Republik
- Rechtsradikale Gewaltakte gegen Ausländer
- Gaza-Jericho-Abkommen zwischen Israel und der PLO
- Skandal um HIV-Blutplasma
- Einführung von fünfstelligen Postleitzahlen im Bundesgebiet
- Sexskandal um Pop-Star Michael Jackson

1994

- Nelson Mandela erster schwarzer Präsident Südafrikas
- Fertigstellung des Eurotunnels unter dem Ärmelkanal
- Über 900 Todesopfer beim Untergang der Fähre »Estonia«
- Abzug der letzten russischen Truppen aus Berlin
- Michael Schumacher erster deutscher Formel-1-Weltmeister

1995

- Weltweite Proteste gegen französische Atomversuche im Pazifik
- Giftgasanschlag in Tokio
- Einführung von Pflegeversicherung und Solidaritätszuschlag
- Verpackungskünstler Christo verhüllt den Berliner Reichstag
- Ermordung des israelischen Regierungschefs Yitzhak Rabin
- Friedensvertrag für Bosnien

1996

- Arafat gewinnt Wahlen in Palästina
- IRA kündigt Waffenstillstand auf
- 100 Jahre Olympia: Jubiläumsspiele der Superlative in Atlanta

◀ **Der Präsident spielt Saxophon: Bill Clinton feiert 1993 die Amtseinführung**

Donnerstag 18. Januar

Gesellschaft

Für einen handfesten Skandal sorgt der Washingtoner Bürgermeister Marion Barry. Er wird wegen Drogenmißbrauchs verhaftet.

Damit hatte wohl niemand gerechnet. In einem Interview mit der Zeitschrift »Sports« tut Tennisidol Boris Becker kund, daß er für die Hausbesetzer aus der Hamburger Hafenstraße Sympathie empfindet.

Politik

Seinem politischen Abstieg folgt der soziale auf dem Fuße. Der frühere bulgarische Ministerpräsident Todor Schiwkow wird festgenommen. Ihm wird Aufwiegelung zum Haß gegen Volksgruppen vorgeworfen.

Gesellschaft

Ein neues Zeitalter ist für die Reisebranche angebrochen. In Erding bei München wird der leistungsstarke Reisebuchungscomputer »Amadeus« in Betrieb genommen. Er steht im neuen Flughafen, der 1992 eröffnet wird.

Wetter

Als Fortsetzung des Herbstes erscheint der Januar 1990: Bei viel zu warmen 3,9 °C im Monatsdurchschnitt herrscht nebligtrübes Wetter vor. Die Sonne zeigt sich nur 33 Stunden – etwa 40 % weniger als im langjährigen Mittel.

Freitag 18. Januar

Politik

Im Golfkrieg spitzt sich die Lage zu: Der Irak attackiert Israel erstmals mit Raketen. Die ersten fünf von insgesamt 86 auf Israel und Saudi-Arabien abgefeuerten »Scud«-B-Raketen schlagen im Gebiet zwischen Haifa und Tel Aviv ein. Als erfolgreich erweisen sich die in großer Eile installierten »Scudbusters«. Sie fangen die irakischen Raketen ab. Den Konflikt hat der Irak 1990 ausgelöst, als Saddam Hussein Kuwait annektieren ließ. Vor der internationalen Streitmacht unter US-Führung muß er allerdings schnell kapitulieren.

Politik

Vor dem Deutschen Bundestag werden die 19 Minister des neuen Kabinetts Kohl vereidigt. In dem auf neun Posten veränderten Kabinett stellen die CSU vier und die FDP fünf Minister.

Wetter

Mild und heiter kommt der Jahresbeginn 1991 daher. 75 Sonnenstunden treiben die Durchschnittstemperatur auf 2,4 °C. Nur 25 mm Niederschlag fallen.

Preise in den 90er Jahren

1 kg Butter	8,20
1 kg Mehl	1,21
1 kg Fleisch	12,85
1 l Vollmilch	1,33
1 Ei	0,27
10 kg Kartoffeln	10,30
1 kg Zucker	1,92
Stundenlohn	24,91

in DM, Stand 1993

Samstag 18. Januar

Kultur

Regisseur Oliver Stone erhält für seinen Film »J.F.K.« den begehrten »Golden Globe« für die beste Regie. In Fachkreisen gilt der »Golden Globe« als Seismograph für die Entscheidungen um den Oscar. Der Film von Stone über den Mord an US-Präsident John F. Kennedy ist Auftakt einer regelrechten Spekulationswelle über den genauen Tathergang und die möglichen Hintermänner des Attentats. Der spannend inszenierte Polit-Thriller vermengt Wirklichkeit und Fiktion und belebt so Theorien um eine nationale oder internationale Verschwörung. Zumindest im Film sind CIA, FBI und die Mafia an dem Komplott beteiligt. In der Hauptrolle ist Kevin Costner als Anwalt Jim Garrison zu sehen. Der Anwalt hat nach 1963 tatsächlich in dem Fall ermittelt und ein Buch darüber geschrieben.

Krawatte ist kein Muß mehr: Anzug mit zweireihigem Sakko

Wetter

Die Welle der »winterlosen« Jahre hält an. Mit einer Durchschnittstemperatur von 1,6 °C bleibt auch der Januar 1992 zu warm und – mit 39 mm – etwas zu trocken (Mittelwert 43 mm).

Montag 18. Januar

Politik

Anscheinend nichts gelernt hat der irakische Diktator Saddam Hussein aus dem vor zwei Jahren verlorenen Golfkrieg. Unbeeindruckt von den Drohungen der Amerikaner setzt er die militärischen Provokationen fort. Innerhalb der Flugverbotszone läßt Hussein neue Raketenabschußrampen errichten. Sie werden von den Amerikanern zerstört.

Gesellschaft

»Der Spiegel«, bisher die unumstrittene Nummer eins der Nachrichtenmagazine in Deutschland, bekommt Konkurrenz. Die erste Ausgabe der Zeitschrift »Focus« erscheint. Die Herausgeber hoffen, mit kürzeren Texten und einem ansprechenderen Layout dem »Spiegel« den Rang ablaufen zu können.

Für die heißen Sommer der 90er Jahre: Kleid mit Bustieroberteil

Wetter

Extravagant gibt sich der Januar 1993. Mit Temperaturen um 2,5 °C ist es fast drei Grad zu warm, 59 mm Niederschlag bedeuten 40% zuviel Regen, und auch die Sonne zeigt sich mit 86 Scheinstunden 30 Stunden länger als gewöhnlich.

Dienstag 18. Januar

Gesellschaft

Eko-Stahl Eisenhüttenstadt geht zu 60% an den italienischen Riva-Konzern. 40% verbleiben bei der Treuhandgesellschaft. Die Treuhand ist seit 1990 dabei, die Staatsbetriebe der DDR entweder zu veräußern oder zu schließen. Massenarbeitslosigkeit ist nun Alltag im Osten.

Sport

Deutscher Fußballmeister ist der Bundesligaverein Karlsruher SC nicht geworden. Immerhin darf sich der Verein seit heute rühmen, den fairsten Bundesligaspieler in seinen Reihen zu haben. Dirk Schuster wird vom Verband deutscher Sportjournalisten mit der Fair-Play-Trophäe ausgezeichnet. Schuster hat u.a. einen Berufskollegen vor einem Platzverweis bewahrt, indem er den Schiedsrichter, der eine Foulszene falsch eingeschätzt hatte, aufgeklärt hat.

Stars der 90er Jahre

Kevin Costner
Filmschauspieler
Julia Roberts
Filmschauspielerin
Whitney Houston
Sängerin
Michael Schumacher
Rennfahrer
Luciano Pavarotti
Sänger

Wetter

Eine Winterverweigerung leistet sich auch der Januar 1994. Zu 3,5 °C Durchschnittstemperatur gibt es 90 mm Niederschlag.

Mittwoch 18. Januar

Politik

Auch einen persönlichen Sieg können die neuen EU-Kommissare in Straßburg feiern. Das Europäische Parlament spricht den 20 Mitgliedern der Europäischen Kommission mit 416 von 578 Stimmen das Vertrauen aus. Bei der Anhörung im Parlament hat es zuvor teilweise herbe Kritik an einzelnen Kandidaten gegeben. Bei der Abstimmung haben die Abgeordneten erstmals das Recht gehabt, die Kommission als Ganzes zu akzeptieren oder abzulehnen.

Rekorde in den 90er Jahren

Weitsprung: Mike Powell (USA) – 8,95 m (1991)
110 m Hürden: Colin Jackson (USA) – 12,91 sec (1993)
Skifliegen: E. Bredesen (NOR) – 209 m (1994)
Dreisprung: J. Edwards (GBR) – 18,29 m (1995)

Kultur

Eine Entdeckung von kulturgeschichtlich großer Bedeutung gibt der französische Kulturminister Jacques Toubon bekannt. In einer südfranzösischen Tropfsteinhöhle sind Archäologen auf Tierzeichnungen gestoßen, deren Alter auf 30 000 bis 32 000 Jahre taxiert wird.

Wetter

Regennaß und kühl verläuft der Januar 1995. Temperaturen um 0,7 °C rufen bei 60 mm Niederschlägen an so manchem Tag klamme Gefühle hervor.

Donnerstag 18. Januar

Samstag 18. Januar

Montag 18. Januar

Oliver Hardy

***18.1.1892 Atlanta**

Zusammen mit seinem Filmpartner Stan Laurel wurde Oliver Hardy zu einem der erfolgreichsten Komiker der Filmgeschichte. Ab 1926 arbeiteten die beiden Schauspieler ständig zusammen. Als gutmütige Pechvögel »Stan und Ollie« sorgten sie in zahlreichen Kinofilmen regelmäßig für Chaos. Die Rolle als beleibter Tolpatsch mit nur scheinbar souveränem Habitus war Hardy wie auf den Leib geschneidert. Mehrere Filme von Laurel und Hardy wurden mit einem Oscar ausgezeichnet. 1957 starb Oliver Hardy in Los Angeles.

Sonntag 18. Januar

Werner Hinz

***18.1.1903 Berlin**

Schwierige Charaktere waren seine Spezialität. Wie kaum ein anderer vermochte der Schauspieler Werner Hinz mit einer Vielfalt genauer Ausdrucksmittel auch komplizierte Persönlichkeiten darzustellen. Seine Fähigkeiten stellte er sowohl am Theater als auch vor der Kamera unter Beweis. Seine größten Erfolge feierte Hinz am Deutschen Schauspielhaus in Hamburg. Dort verkörperte er u.a. Graham in der Uraufführung der »Heiligen Johanna der Schlachthöfe« von Bertolt Brecht. Hinz starb 1985 in Hamburg.

Montag 18. Januar

Cary Grant

***18.1.1904 Bristol**

Der als Archibald Alexander Leach geborene Grant war einer der besten Komödianten Hollywoods. Als junger Varietékünstler hatte man ihn in der Traumfabrik zunächst abgelehnt, weil sein Hals angeblich zu dick und seine Beine zu krumm waren. Genervt von den großspurigen Produzenten, lehnte Grant nach den ersten Erfolgen 1937 feste Verträge ab und wurde der erste »»Freie« in Hollywood. Für sein Lebenswerk, zu dem »Der unsichtbare Dritte« von Hitchcock gehört, erhielt er 1970 einen Ehren-Oscar. 1986 starb Grant in Los Angeles.

Dienstag 18. Januar

Kevin Costner

***18.1.1955 Los Angeles**

Er zählt zweifellos zu den ganz großen amerikanischen Kinostars der 90er Jahre. Erste große Aufmerksamkeit erreichte Kevin Costner 1987 in Brian de Palmas »Die Unbestechlichen«. Seinen absoluten Durchbruch erzielte er mit dem Film »Der mit dem Wolf tanzt«, der auch in Deutschland ein Riesenerfolg wurde. In dem dreistündigen Epos über das Schicksal der Sioux spielte Regie-Debütant Costner zugleich die Hauptrolle. Weitere Kinoerfolge konnte er mit den Filmen »Robin Hood – König der Diebe« und »Body Guard« erzielen.

Donnerstag 18. Januar

Philipp Boa

***18.1.1962 Dortmund**

Er gilt als einer der führenden Musiker der deutschen Rockszene. Unverwechselbar ist seine Mischung von Avantgarde-Musik mit griffigem Punk. Jüngst hat Philipp Boa mit zwei vielbeachteten Alben mit dem Metal-Projekt »Voodoocult« auf sich aufmerksam gemacht. Egal ob er vom »stern« zum »Arschloch der Nation« gewählt wird oder als psychopathischer Exzentriker verschrien ist, Boa beschäftigt mit seiner Person und seiner Musik die Feuilletons von »Spiegel« und »Zeit« genauso wie die Klatschspalten von »Tempo« und »Vogue«.

Impressum

Autor:	Dr. Klaus Zehner, Köln
Redaktion:	Manfred Brocks, Dortmund
Bildredaktion:	Sonja Rudowicz
Umschlaggestaltung und Layout:	Pro Design, München
Satz:	Böcking & Sander, Bochum
Druck:	Brepols, Turnhout

Abbildungsnachweis: Cinetext, Frankfurt a.M.: 118, 128, 131; Engelmeier, München: 130; Interfoto, München: 129; Public Address, Hamburg: 132.
Modefotos 1900-30er Jahre, Damenmode 40er Jahre, Damenmode 50er Jahre: Bertelsmann Lexikon Verlag, Gütersloh; Modefotos Herrenmode 40er Jahre, Herrenmode 50er Jahre, 60er-90er Jahre: Prof. Dr. Ingrid Loschek, Boxford.
Alle übrigen Abbildungen: Bettmann Archive/UPI/Reuters/John Springer Coll., New York.

Trotz größter Sorgfalt konnten die Urheber des Bildmaterials nicht in allen Fällen ermittelt werden. Wir bitten gegebenenfalls um Mitteilung.

ISBN 3-577-30118-X

Vom 1. Januar bis zum 31. Dezember

Individuelle Bücher – für jeden Tag des Jahres eines. Mit allen wichtigen Ereignissen, die sich genau an diesem besonderen Tag während der Jahre unseres Jahrhunderts zugetragen haben. Doch trotz all der großen Ereignisse des Weltgeschehens – es gibt immer auch persönlich wichtige Daten für jeden einzelnen Menschen, sei es ein Geburtstag, Hochzeitstag, Erinnerungstag oder der Tag, an dem eine entscheidende Prüfung bestanden wurde. So wird aus einem Tag im Spiegel des Jahrhunderts zugleich auch ein »persönlicher« Tag. Und endlich gibt es für all diese Anlässe das richtige Buch, das passende Geschenk!

Persönliches Horoskop

Was sagen die Sterne zu den jeweiligen Tagen? Außerdem erfahren Sie, welche bekannten Menschen unter dem gleichen Sternzeichen geboren wurden.

CHRONIK-BIBLIOTHEK DES 20. JAHRHUNDERTS

Von 1900 bis zur Gegenwart

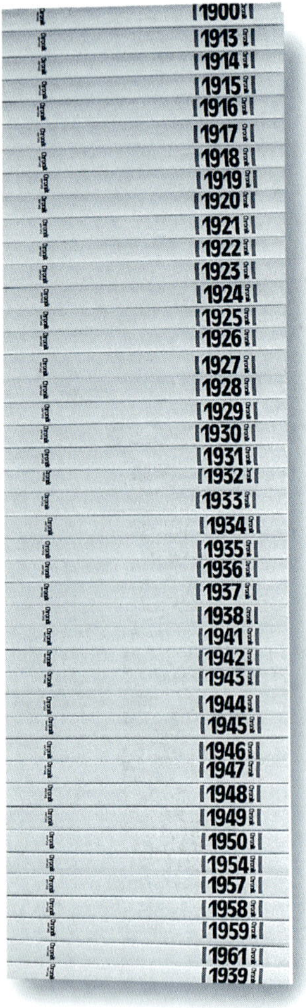

Die »Chronik-Bibliothek« ist die umfassende Dokumentation unseres Jahrhunderts. Für jedes Jahr gibt es einen eigenen, umfangreichen und zahlreich – überwiegend farbig – bebilderten Band. Tag für Tag wird dabei das Weltgeschehen in Wort und Bild nachgezeichnet – jetzt lückenlos bis an die Gegenwart. Sie können das jeweilige Jahr in chronologischer Folge an sich vorüberziehen lassen, aber die »Chronik« auch als Nachschlagewerk oder als Lesebuch benutzen. Ein prachtvolles Geschenk – nicht nur für Jubilare. Und wer die »Chronik-Bibliothek« sammelt, erhält ein Dokumentationssystem, wie es in dieser Dichte und Genauigkeit sonst nicht zu haben ist.